水深之處

葉紫婷 著

推薦序一

能爲夢想奮鬥進發絕非易事，生活中難關重重，又有多少人能恪守心中所想，竭力守護心中的夢？可幸，紫婷是其中一個。離開香港，投入異地生活的同時，紫婷並沒有放棄夢想，努力把握每個寫作的機會。我相信文字的力量能跨越地域的限制，我和紫婷結緣正是因爲一個由年青人主導的初創企業的文字撰稿項目，在合作的過程中，我看見了她對寫作的熱誠和認眞。近年來，我一直積極爲年青人提供更多機會，讓他們發揮所長，勇敢地向著未來進發。我衷心祝願他們永遠充滿光彩，在人生路上昂首前行。

衷心希望紫婷的文字能感動到更多讀者，讓受傷的心靈得慰藉，讓受情緒病困擾，家庭陰影籠罩的生命看見希望。

麥明詩 2015年香港小姐冠軍

推薦序二

初讀這個故事時，一度以爲是一本推理小說，以主角的姊姊自殺掀起序幕，妹妹讀著她遺留下來的日記，一步一步追尋背後的眞相。然而懸念背後，主角在愈來愈了解姊姊的處境之餘，也愈來愈明白其他身邊人——男友、父親、母親，還有最重要的一個人——自己。

選擇結束生命的是姊姊，但在她從世界消失的一刻，主角的某部分也跟著死去。她決定翻開姊姊的日記，坐上回憶的飛氈，從對方的視角再經歷一次人生。她的姊姊患有情緒病，長期深陷於痛苦的沼澤中，每天都活得小心翼翼。主角本來自責付出的關心不夠，但後來漸漸明白，一旦心生病了，身邊人奉上再多的愛，當事人就是無法接收，甚或是覺得自己不配被愛。

姊姊的離開已成事實，一切看似無法挽回，但留下來的人仍有改變的機會。一向控制欲極強、令人無法理解的父親，看似卑微依賴、總是沉默不語的母親，在失去女兒後性情大逆轉，打破二十年來的扭曲狀態，奇蹟似地呈現出新的可能。而主角在沉淪於悲傷之時，並沒有像姊姊一樣放開手，而是發出了無聲的吶喊，讓愛自己的人扶她一把，勇敢地實踐了自我救贖。

感謝紫婷細膩耐看的文字，帶領我走過一趟療癒之旅，學會珍惜生命中所有幸福的瞬間。祝願所有沉沒於茫茫大海的人，也能看到水深之處那道微弱的亮光，咬緊牙關撐下去，最終浮上水面，呼吸一口新鮮的空氣，體會到活著的美好。

唐希文 作家

作者的話

在構思《水深之處》以前，我聆聽了很多故事。因著那些故事帶給我的悲傷，憤怒與不解，我把它們化成文字。可是，它們從來也不只是文字，他們是活生生的個體，他們所經歷過的，是旁人無法輕易想像的。家庭暴力的影響是巨大的，每個人都有家，卻並不是每一個家都能讓人活成人。我願《水深之處》帶給你們一絲慰藉，一線光，一點活下去的盼望。

感謝麥明詩小姐和唐希文小姐願意爲我的第一本作品撰寫推薦序，她們的支持是我莫大的榮幸。

感謝我的嫲嫲、父母、妹妹、身邊的他，還有一直支持我的人兒們，感謝你們讓我相信自己，相信愛。

葉紫婷
2024年5月

1.

青青從未想過會在這樣的情景看到蓁蓁。

她看著牆上的電子鐘，三分半鐘後，她這輩子就不會再看見蓁蓁了，蓁蓁將會隨著棕紅色的檀木棺材，化作飛灰，沒有叫喊，沒有哭鬧，就這樣，直直地被火焰吞吃。

青青想起小時候，二人曾開玩笑說誰先去世，活著的那個就要在葬禮上爲對方悼詞。禮堂的佈置要以純白色爲主，可以添置氣球，氣氛歡樂一點也沒關係，就當是去了一場生日會吧，蓁蓁這樣說過。

可是，現在的氣氛卻是如此慘寂，沒有氣球，只有一個梔子花牌孤獨地佇立門旁，靜謐得連脈搏緩慢地跳動的聲音都聽到，館內溢滿的就只有一種陌生而嗆鼻的空間感和斷續礙耳的嘆氣聲。

蓁蓁應該會很無奈吧，她最討厭別人把她的意見視而不見，明明說過不喜歡舊式的實木棺材，不要在訣別時垂頭喪氣，火化後把餘灰灑在海上而不是甚麼紀念公園，她交代過的，沒有一樣是如她所願的。

青青很想哭，事情發生至今，她仍然是處於一種驚愕的情緒當中，不知道下一步應該怎樣做，要聯絡誰，蓁蓁落下的物品要怎樣處理，死亡證要怎樣申請，不申請可以嗎，蓁蓁最後一頓晚飯吃了甚麼呢，她有想過打給誰嗎，會不會是有人鼓吹她呢，她上次借了的卡其大衣放在哪裡，她會冷嗎，餓嗎，痛嗎？

到底她爲甚麼要自殺？

蓁蓁就這樣躺在棺木中，無聲無息，把所有答案都帶走。

看著棺木掉進看不到底的黑洞中，焚燒的過程是那麼的暴力又神祕，再看到蓁蓁的時候就只剩灰燼了，她短促而平淡的人生，燒到底，只餘下細碎輕渺的塵埃。

青青終於忍不住哭了起來。

2.

林加快腳步，不時用眼角瞧向街邊的櫥窗，確認身後沒有人緊隨自己。由步出餐廳開始，林就感覺到有人一直跟著自己，最近這幾天睡得不好，心神恍惚，不肯定是否錯覺。

「喂！」是她，原來不是錯覺：「方便到你家取回蓁蓁的東西嗎？」

若不是早兩天在葬禮上看過青青，林差點就把眼前的她誤認作蓁蓁。淺淺的雙眼皮，深褐色的瞳孔，緋紅的臉頰上透出一小片雀斑，蓁蓁之前提過她跟青青雖然不是雙胞胎，但兩姊妹相似的程度經常讓身邊的人搞混二人，再加上姊妹倆相差不過兩年，身高體型也相像。縱使如此，林和蓁蓁交往的五年來，可是一次也沒有認錯她們。只是，在葬禮上，林抬頭看到蓁蓁那張笑得含蓄內斂的告別照，別過頭時就看見雙眼浮腫，臉色蒼白的青青，就在那一刻，林以為蓁蓁就在眼前。林錯愕自己竟然在青青身上看到蓁蓁，他難過，一種無法言語的惆悵覆蓋了他，他不願在任何人身上找蓁蓁的影子，他不忍她只能用這種方式存活在自己的生活中，他想念活著的她，有生命氣息的她。林不知道的是，在以後的日子裡，他看到誰都像她，她就像任何一個誰。

如今，世界上最貼近蓁蓁的她站在眼前，林花了數秒才凝住眼眶的淚水，假裝若無其事地回答：「就在轉角的街口。」

＊＊＊

甫踏進家門，一陣食物的餿臭撲鼻而來，林趕緊把桌上的半盒肉醬意粉放進雪櫃，倒掉剩下的羅宋湯和軟如梅菜的薯條，一臉尷尬地說：「不好意思，最近都沒有打掃，家裡有點亂。」

青青脫下鞋子巡視這個蓁蓁曾住五年的家：「的確有點亂。」家裡一地雜物，拆開的信件鋪滿餐桌，沙發被衣物占據，廁所的紙巾用完還未換新的，牙膏漬依附在洗手盆中，直立風扇和冬天衣物已成一體。全屋最整潔的角落只剩電腦桌，青青瞧到電腦螢幕仍未關上，遊戲中的廝殺場面血腥轟烈。

「蓁蓁的東西在這裡，還有很多我還沒有整理好。其實，若你不介意的話，她的東西可以繼續放在我這邊，我一個人住，位置很多……」林一邊說，一邊從房間移出紙箱，裡面裝的大部分是衣物和手袋之類，沒有什麼重要文件。

「就只有這些嗎？」青青問：「她的日記呢？」蓁蓁一直有寫日記的習慣，小時候她把日記本視爲珍寶，放在枕頭下，青青會趁蓁蓁不在家時偷看她寫了什麼，後來有一次給蓁蓁發現了，結果她把日記藏到別處，雖然青青還是會在家中不同的隱祕處找到本子，但始終害怕蓁蓁義正詞嚴地警告自己的偷窺行爲，漸漸地偷看的次數和興致也大幅減少。

林帶青青進到房間，靠近窗處是蓁蓁的工作桌，抽屜放著她的一些文件和幾本厚厚的單行薄：「本來抽屜是鎖著的，我在她的一件大衣口袋裡找到鑰匙。」林從衣櫃中拿出一件卡其色大衣，把它交到青青手中。青青認得這件大衣，去年聖誕，二人在百貨公司減價時一人買了一件，蓁蓁不小心把她的那件弄丟了，於是青青把自己那件借了給她，還叮囑她要好好保管。

蓁蓁的確把它保管得很好，還是新簇簇的，連一道摺痕也沒有，好像一直等待著要把它歸還給青青，又或者，連同鑰匙和日記一同交給青青。

青青把抽屜裡的文件和本子放到背包，抬頭時瞥見窗邊懸掛著一個貝殼形狀的風鈴，微風掠過時，風鈴發出清脆靈動的響聲，藍白相間的貝殼彷彿沾上海水般閃亮閃亮。青青想像蓁蓁在窗邊工作時，一邊聽著風鈴，一邊幻想自己在沙灘踱步，潮水漫過雙腳，蓁蓁泛起滿足的笑容。

她最喜歡大海了。青青想著。

「我能把這個帶走嗎？」青青循例一問。林點頭，臉上全是不捨。

＊＊＊

孤獨的感覺到底是怎樣？

那年夏天，蓁蓁大學畢業，辛苦打工儲了幾個月錢，拉著青青到海島旅遊。

會像是把頭埋在海裡，用力呼叫，卻怎樣也發不出聲音的無力嗎？抑或是，用沙堆砌了一個堡壘，把旗插在頂端的一刻，海浪湧至，席捲一切，甚麼也不剩的空洞？

蓁蓁奮身跳進海裡，拼命游向沒有終點的海岸線。夕陽下沉，整片天空的橘黃溶在水裡，化開，蓁蓁但願浸在這片昏黃中，永不上岸。

「走吧，水變得很冷！」青青打著哆嗦，用毛巾緊緊包裹著自己。

蓁蓁從水裡走出來，躺在沙上，任由黃昏的風捲起細沙，沾滿全身。

我想，孤獨是發現自己距離世上所有的歡樂都很遠很遠，就像海水永遠無法與沙粒相擁，沙粒永遠不能停留於風中，感覺自己不屬於任何一個地方。

「你在想些什麼？走吧，我快要冷得感冒了！」青青把毛巾丟在蓁蓁身上，把散在沙上的泳鏡防曬和帽子收拾起來，海島的溫差大，太陽一收，腳掌便感受到沙灘傳來一陣冰涼。

好啦，怕了你。明早我要再來游泳。

「又游！你乾脆留在海裡好了，明天我還打算去瘋狂購物一番呢。」青青撅著嘴說，邊拉起蓁蓁。

青青想起和蓁蓁在海邊的片段，是因爲覺得自己不屬於任何一處，所以她才決定離開嗎？是因爲孤寂侵襲，蓁蓁才鐵定了心鬆手解脫嗎？到底是爲了甚麼，她才一口氣把頭埋進水裡，拼命游向某片陽光無法到達之處，不再回來？

3.

一公升茉莉花茶，五百毫升蜜糖，三百毫升鮮奶，冷水備用，開爐煮珍珠。

青青默念早已背得滾瓜爛熟的開店五部曲，一邊把珍珠倒進熱水中，一邊攪勻茶和奶。

週末早上，客人比平日少，大概沒有人會習慣一大清早便喝掉價值468卡路里的全糖珍珠奶茶吧。只有青青一人顧店，沒有旁人搭訕聊天，她樂得自在，拿出昨天從林家中取來的日記，打算細讀起來。

昨天一回到家中，青青已忍不住打開日記本，即使只是看到蓁蓁的字跡，已足以讓她釋放內心抑壓多時的思念，彷彿蓁蓁就在身旁，和從前一樣，伏在床上翹著腳，倚著夜城燈火寫日記。還未打開第一頁，門外父親的聲音便打斷了她的思緒：「那些紙箱用來幹什麼？」

「是蓁蓁的。」父親毫無反應，自蓁蓁走後，家中的人也很少提起她的名字，青青本以為父母是爲免觸發愁緒，可是想深一層，自從蓁蓁搬走後，父親已經沒有關心過她的近況，那次吵架後，父親履行了他對蓁蓁所說的話：「我就當從沒有生過你。」

「沒用的東西就把它扔掉。」父親說。

沒用的東西。在他眼中，蓁蓁和青青也是沒用的東西，占空間占資源，恨鐵不成鋼。青青想起當自己告訴父親要在奶茶店工作時，他朝她投來一個鄙視的眼神，她沒有想過，一個父親可以用如此冷酷，高高在上的目光看不起自己的女兒。青青早應料到父親的反應，當初蓁蓁決定從醫科轉到會計科時，父親也是這樣看著她，就像看著一個被弄壞了的黏土模型。

「喂，你在看什麼？」弘的聲音把青青的思緒喚回來。

「沒什麼。」青青蓋上本子，下班找個地方再看吧。弘換上圍裙，伸出鼻子像小狗一樣東嗅西嗅，突然跑進廚房，大喊：「小姐！珍珠煮糊了！」

「啊，我忘了關火！」青青趕緊把珍珠撈起：「你先出去看看有沒有客人吧。」弘手忙腳亂地清潔灑在地上的糖水，看到青青慌張的樣子，不禁笑了起來：「沒有我盯著你，整間店都要燒焦了。」

「還笑，你早點上班的話就不會只有我一人看店了，身爲老闆還遲到。」

「啊，對了，」弘從冰箱拿出一個六吋小盒子，裡面是青青最喜歡的巧克力慕絲蛋糕：「剛才我去了買蛋糕給你啊，這間店多受歡迎，我早上六點去排隊，排了三個小時才買到，而且是最後一個呢。來，快吃！」

青青心頭一暖，這陣子狀態不好，弘每隔幾天就會買甜品給她哄她開心。明明已經要處理店裡大小事，入貨取貨招呼客人清潔打掃，根本分身不暇，但他還是默默地照顧青青，絕不過問蓁蓁的事，免得青青難受。弘對自己的心意，青青一直都知道。只是，最近發生的事沉重得讓她喘不過氣來，壓在心頭的比千斤鉛還要重還要痛，她沒有心神處理其他事情。

「早上吃蛋糕，卡路里超標，我快要變成大肥豬了。」青青開玩笑，急不及待打開盒子嚐了一口，忌廉的醇香流進口腔，甜品果然是良藥，再龐大沉重的烏雲都好像被短暫的陽光驅散了。

「謝謝你。」青青輕輕地說，弘滿足地掀起嘴角，彎身抹去滿地珍珠。

＊＊＊

二月十五日　陰天

失去你的第三天，下班後我獨自到海旁散步。這個星期一直下雨，我一向討厭陰霾的天氣，人生本來就夠苦悶了，滴滴答答的雨聲令人更煩躁。幸好今天停雨了，石磚路上蓋著輕薄的水氣，在陽光下，一閃一閃的。海面平靜，下雨過後空氣中瀰漫著鹹淡交集的清新。忽然，水波掠動，一尾身上沾了灰點的魚躍起，又飛快敏捷地投回水裡。魚躍動的時候，我感受到身體傳來一陣熟悉的律動，我下意識地撫摸肚臍下緣，嘗試貼近你曾經存在的位置。

可是，你早已不在了，如魚一樣潛進更深的地方。我想到自己是如此殘忍地將你驅離我的身體，讓你尚未成形的軀殼在一片混沌中掙扎呼救，放逐你那未趕及成熟的意識，我知道我並沒有資格爲自己的行爲添上任何主觀或試圖合理化的辯解。

你會有著和我相像的五官嗎？會喜歡什麼顏色味道？會有什麼興趣喜好？會喜歡笑，熱愛生命，勇敢地愛嗎？我多想親手抱著你，和你經歷世上的悲歡離合，在你要放棄的時候緊緊擁著你，讓你知道，我會作你永遠的後盾。

我是多麼的冷血，才忍心剪斷我倆之間的牽絆。

躺在手術床上，頭上的燈透出你在我體內捲縮的影像，我彷彿清楚看到你的輪廓和四肢，彷彿聽到你哇哇大哭，聽到你說：「不要，不要拿走我。」

手術完結後，我滿臉都是淚，醫生明明說過麻醉藥很重，注射後會陷入深層睡眠，沒有痛感，沒有意識，什麼也感受不到。可是，我感受到痛，撕心裂肺的痛。

裡面的痛大於身體的痛，手術翌日我堅持下床出院，回到家中裝作什麼事也沒有發生。

孩子，請原諒我的軟弱，我沒有勇氣把你帶來這個世界，我沒有勇氣成爲你的棲身之所。

青青合上日記，一張照片從夾頁中掉了出來，她小心地撿起來，照片中只有一團黑沉沉的形體，像是被用力弄皺的紙團。青青的鼻頭一酸，不自主地流下淚，那是曾存在於蓁蓁身體內的孩子，是她還未看過一面就失去心跳的姪兒。青青的心很痛。她想到蓁蓁躺在冰冷的手術床上，容讓儀器把屬於她的一部分拿走，再被無情地縫上，推往病房，在麻醉藥力過後醒來，獨自面對這一切。想到這裡，青青的心好像被擰在一起，連呼吸都吃力。若連自己也這麼難受，身爲母親的蓁蓁，她的痛，到底有多麼錐心刺骨？

是因爲孩子嗎？因爲失去孩子的痛，你才選擇離開嗎？因爲過於想念孩子，你才跟著他的腳步，把人間的一切都灑脫拋下嗎？

＊＊＊

青青發了瘋似的猛地按門鐘，一見到林便開口質問：「是你叫蓁蓁拿掉孩子的嗎？你知道她有多麼難過嗎？爲什麼你不在她的身邊？爲什麼你如此殘忍？」

林垂頭不語，他也經歷過青青的憤怒和不解，他不明白蓁蓁的抉擇，不解她爲什麼要一聲不響動手術，爲什麼不跟他商量。他和青青同樣傷心，惟一不同的是，他是孩子的父親。

「先進來再說吧。」

青青手中握著孩子的超聲波照片，自得知蓁蓁拿掉孩子的事情後，她便對身爲蓁蓁枕邊人的林滿是憤怒，心裡不斷責怪他沒有好好保護姐姐，甚至連手術也沒有陪伴在側。

「你還是人嗎？竟然要蓁蓁獨自承受這一切？」青青連珠炮發地大罵，任由怒氣通通發洩出來。

林仍是沉默，走到廚房倒了一杯溫水給青青，看她情緒稍稍冷靜後才緩緩說道：「我也是在手術後才知道蓁蓁拿掉了孩子，她沒有跟我商量。」

青青愕然，她預計過林會辯駁，否認，推卸責任，但未想過身爲父親的他竟然連孩子的生死也沒法參與。

林從房間拿出一箱還未開封的嬰孩衣物，玩具，頭飾，各樣顏色款式都齊備。「因爲還未知道性別，所以我男款女款都買了，店舖裡的人還笑我說很少爸爸會比媽媽更沉迷購物，但我只是太期待孩子的到來，巴不得把所有東西都預備好。」林看著這箱本來懷著盼待興奮的心情購置的嬰兒物品，想到如今再沒有機會開箱拆封了，不禁哽咽：「想不到，孩子沒有了，蓁蓁也沒有了。」

青青啞口無言，一心想著找到蓁蓁對生命失去盼望的原因，卻想不到林的傷口還在淌血，失去孩子和愛人的雙重打擊，他早已傷痕累累。

「若果我知道蓁蓁打算拿掉孩子，我一定會阻止她，跟她好好聊聊，又有什麼比她更重要呢。但我知道無論如何，我都不能怪她。」林自我安慰：「我怎能怪她呢？」

＊＊＊

二人決定交往的第一天，蓁蓁便向林事先聲明：「我有情緒病，要每天吃藥，定時覆診，除此之外，我也不過是個普通人。」林看著蓁蓁煞有介事的模樣，心裡只是覺得這個女孩太可愛太純真了，他裝作不能接受，後退幾步：「不是吧，要每天吃藥太麻煩了，我要再考慮一下要不要和你一起！」只見蓁蓁馬上紅著眼，假裝冷靜，聲線顫抖地說：「好，你再認真想一下吧。」林看她差點要哭出來，趕緊擁著她說：「說笑而已，那麼辛苦才追到你，我才不會輕易放手呢。抑鬱症有什麼大不了，我會陪你戰勝它的！」

但林的確看輕了這個病的威力，它能打垮最堅強的人，擊潰你所有自以爲最無敵的防禦，毫不留情地奪走生命中所有色彩。

這些年來，林看著蓁蓁夜不成眠，吃不下嚥，泣不成聲。他能做的只有盡力帶給她笑聲，讓她在失眠的夜裡靠在他的肩上短暫入睡，讓她在他面前放聲痛哭。

林記得初次在校園遇見蓁蓁的時候，她正在圖書館，戴著耳機，看著手機的短片，看到某處突然忍不住笑了起來，笑得雙顴彎起三道與貓痕一樣的皺褶，眯著眼睛，用手摀著嘴巴，免得笑聲太大影響別人。那時候，林在心裡想，看影片也能笑成這樣，這個女生的笑點也太低了吧，若能跟她當朋友，應該會很容易便開心滿足。

後來林發現，蓁蓁確實很容易便笑得開懷，隨便在網上找段影片她便會被逗得彎著腰，說個冷到極致的笑話她會笑到倒地，吃飯時菜渣黏到牙齒上她也會笑到幾乎嗆到，每次都像是掏出身體中的所有力量來說服別人，她是快樂的。

「我太容易就不開心了，所以一有好笑的事情我都會提醒自己要盡情笑，要盡量令快樂蓋過所有悲傷，那麼我的生活就不至於全是灰暗苦澀。」

林聽到蓁蓁這樣說，更是下定決心要當她的開心果，他希望她能天天開心，不用自我提醒也能抒懷地笑，直到有一天，完全忘卻內心那個黑暗潮濕的角落，永遠朝向陽光。

可是，蓁蓁把內心的角落藏得太深，把自己藏得太徹底，有一些苦澀，她始終不願與林共嚐，她腳下所纏的鉛太重太沉，終究把她拖進深淵，陽光無法到達之處。

＊＊＊

沿著舊街一直走，經過一整排人潮簇擁的攤檔，爬上如同現代版天梯的斜樓梯，一棵大榕樹佇立在公園的中央，其高聳粗如炮彈的樹幹，翠綠茂密的樹幹，映得圍繞公園之物特別細小。

是蓁蓁首先發現這個公園的，雖說是公園，遊樂設施卻只有一條滑梯和一座鞦韆，木椅的數量倒是比遊戲多，比起供小孩玩樂的公園，這兒更像是登山徑終點的歇息處。姊妹倆愛在這邊談心事，初次來公園，二人聊到不願走，許多平日避諱的話題，一到這兒，心扉忽然敞開了，滔滔不絕地分享心裡話。

「幸好我發現了這個地方，讓我們能暫時逃離家中，緩一口氣。」蓁蓁說，索性脫下鞋子躺在長椅上仰望夜空。

「幸好你把我帶到這兒。」青青跟著姐姐，躺在長椅上享受夜間寧靜。

許多有趣的地方和玩意都是蓁蓁帶著青青一同經歷的。蓁蓁疼青青，一發掘到新奇有趣的東西，總會迫不及待拉上妹妹，青青也萬般樂意當姐姐的跟屁蟲，蓁蓁去哪兒，青青都會跟在背後。所以，當蓁蓁和父親大吵一頓，決定搬走時，青青萬般抗拒失落，偷偷藏起了蓁蓁的電話錢包，不讓她走。

「不就是轉科一件小事嗎，你不要轉，他就不會那麼生氣，或者你下個學期再轉，待他先有個心理準備就好了。」青青說，蓁蓁和父親的衝突就是源於轉科一事，青青不明白蓁蓁為何明知父親最看重女兒的學歷專科，偏偏要放棄學醫來刺激他。蓁蓁從青青的背包中取回自己的電話錢包，拉上行李箱，臉上掛著矛盾的神色，是倔強，同時夾雜著被擊敗的氣餒。

「蓁蓁，你留下吧，不要管他說什麼，他的話一向難聽，我們也習慣了，不是嗎？」青青攔著蓁蓁，試圖說服她。

蓁蓁驀然停下了腳步，抬頭迎向青青，眼裡透著堅決。

「有些事是不能習慣的。」

她的話鏗鏘有力，青青霎時不懂反應，這是她第一次看到蓁蓁這麼決絕。

直到現在，青青還是不解蓁蓁當時轉科的原因。她離家之後就再沒有回來，像是鐵定了心跟父親斷絕來往，偶然青青聽到母親打給蓁蓁，聊不過五分鐘，母親便會欲言又止，最後無奈道別。他們不再過問蓁蓁的事，蓁蓁也絲毫不提對家中的慰問。僵持在父女二人之中的宛如動物大遷徙時必須渡過的急流，誰也不願率先過河，時機一過，二人便錯過了到達新天地的豐沃佳美。卽使如此，父親和蓁蓁也寧願佇守原地，眼白白看著河中之物，冒死前行，腥紅一池，又或者，蓁蓁下河了，她以一身鮮紅來越過石磯水流，只爲證明給父親，她寧死也不願貼近他腳下的美好之地。

＊＊＊

「先生，既然你這麼不滿意我們的服務，那請你離開，不要阻礙其他客人享受我們的飲品。」弘收起笑容，態度嚴肅地請眼前這個面如鐵壁，眉頭深鎖的男人離開奶茶店。

半小時前，這位男士來到奶茶店，點了店內的招牌奶茶，喝了一口之後卻投訴茶不夠濃，冰太多，珍珠太硬，杯子的設計不方便客人喝，弘於是重新沖了一杯給他，他繼續投訴同樣的問題，絲毫不退讓，堅持自己的無理意見，跟弘爭論了三十分鐘也得不出結論。弘提議送給男人十杯免費飲品，試圖安撫他，但男人什麼補償折扣也不要，活像潑婦罵街。

青青氣沖沖地跑回店鋪，趕忙束起頭髮，換上制服。「不好意思，路上堵車，遲到了。」當她抬頭看見男人時，臉色一沉：「爸，你爲什麼在這兒？」男人直勾勾地看著青青，眉頭仍然緊皺：「沒什麼，看看你工作的地方到底有多不濟。」轉身把手中飲料扔進垃圾箱。

男人走後，弘抹去滿額汗水，明知故問：「那個男人是你父親？」青青點頭。

「我今天終於見識到他的無理取鬧了。」

「還有不可一世，狗眼看人低，不可理喻，暴躁沒耐性，欠缺質素。」青青一連串說出父親的眞實形象：「他說的話，你千萬不要放上心，他只是想踩我一腳來讓自己看起來有威嚴有本事。」剛才父親批評奶茶店不濟，雖然青青知道他只是隨口胡說，但她還是怕打擊到弘，畢竟奶茶店剛開張，生意還未上軌道，青青也暗自擔心店舖的業績。

「你少操心，我才不會把他說的任何一句話當眞。」弘曾聽聞過青青父親的事，一早知道這個人是典型的大男人，不懂得與女兒相處，只是想不到他如此蠻不講理，特意跑到女兒工作的地方生事。

「那就好了。」

「而且，我有個好消息要告訴你，」弘挨近青青，故作神祕：「我們這個月終於收支平衡了！」

「眞的嗎！」青青大喊了出來，正在排隊的客人一臉疑惑看著二人，弘拉著青青到廚房。

「這是我最近唯一收到的好消息呢。」

「對啊，很快我們就會開始賺錢了，好消息會陸續有來，你要再聽一個嗎？」弘把雙手搭在青青的肩上，把她轉過來，面對著自己：「我決定邀請你當我女朋友！」弘說，語氣調皮卻又無比認眞。

青青笑了出來，這次是弘第五次「邀請」自己當他的女朋友，之前幾次失敗告終，想不到他無懼失敗，再接再厲。

青青在升大學前的暑假認識了弘，二人在同一間奶茶店打暑期工，那時候玩得熟絡，弘告訴青青自己不打算讀大學，他的夢想是擁有一間自己的奶茶店，所以他會努力存錢，認眞鑽研最好喝的奶茶配方。當時弘承諾青青，將來會請她當自己奶茶店的總經理。

「爲什麼是總經理，而不是經理？」青青問。

「因爲我會有很多很多間分店啊。」弘說。

青青羨慕弘，有夢的人最美。

後來青青上大學，二人保持聯絡，弘知道青青家裡的事，青青也了解到弘出生清貧，父親早逝，母親獨力撫養他成人，不太催谷他的學習前途，只盼兒子成爲一個善良，腳踏實地的人。二人無所不談，蓁蓁離家後，青青失去了樹洞，弘正好塡補這個空缺。前陣子，弘存夠了錢，開了奶茶店，問青青要不要來幫忙，畢竟青青主修企業管理，可以幫忙處理行政宣傳事務。青青本來猶豫不決，當初讀企業管理是因爲父親要求，自己根本沒興趣，不過那時候青青已萌生了休學的念頭，弘的邀請正好給予她動力把休學計劃付諸實行。休學的事並沒有如青青想像般令父親大發雷霆，他只是一如以往的藐視女兒所作的任何決定，大概是因爲蓁蓁離家出走已經觸及了父親的底線，青青休學只屬於可接受的反叛行爲，父親不願多理。

後來蓁蓁自殺，家中氣氛猶如凍肉公司的冷凍庫，父親照舊工作到天昏地暗，母親終日愁眉不展，欲言又止，青青心情煩亂，一心只想找出蓁蓁輕生的原因。

「不好意思，我拒絕你的邀請。」青青把弘的手放下。

「我是認眞的，我知道你最近很難過，但我想你知道，我會在你身處低谷的時候陪著你，雖然我未必能把你一下子扶起，但我會與你一起，在風雨之中等待陽光。」弘說，平日輕鬆搞笑的樣子變得特別誠懇。

在風雨中等待陽光。也許蓁蓁當時正是處於風雨當中，滂沱大雨令她踉蹌倒地，也許她嘗試過掙扎站起來，可是風太急，雨太大，谷底太深，沒有人在她身旁，沒有人陪她等待陽光。

青青沒有，林沒有，沒有人讓她相信放晴的一天終會出現。

弘的目光依然定睛於青青，青青從他眼裡清楚看到自己的反射，他的眼中就只有她一人，堅定不移。

也許，她需要弘陪她渡過這場她無力獨自招架的暴風雨。

「好，這次我會認眞考慮。」

＊＊＊

八月二十六日　颱風天

窗外的風直打著屋外的社區花圃，我欲下樓看看花兒植物的狀況，青青卻阻止我，她說風那麼大，把我吹走怎麼辦，況且花圃裡的雛菊才剛冒出，還未扎根，老早就被狂風吹走了，現在去查看也無補於事。我深深嘆氣，她說的也沒錯。

青青總是比我看得開，有時候我羨慕她好像看什麼事都雲淡風輕，什麼事都能釋懷。我卻正是她的相反，把任何事都緊緊攥在手中，緊得連手心也發紅，青筋都蹦出來，還不捨得放手。

特別是發生那件事之後。

心理咨詢師告訴我，每當我想起那件事，呼吸困難，頭暈目眩的時候，就合上眼睛，跟自己說，已經過去了，一切都過去了，現在我是安全的，是完整的。

我做不到。恐懼感來襲時，我的頭皮發麻，所有神經線都像被強行撥亂變得錯亂，我想開口大叫卻全身乏力，好像有人摀著我的眼耳口鼻，把我拉進一個門窗深鎖不見天日的密室。

上星期上解剖課，我一看到赤裸的人體模型便驚恐症發作，跌坐在地上，呼吸急促，同學老師們馬上扶起我，確保我有意識有氣息。縱使理智上我清楚知道那只是一個沒心跳沒呼吸的模型，但我還是不受控地把它聯想到他，一陣反胃嘔心感湧上來，我吐了一地。

那次之後，我知道我不能繼續讀醫了。不只是心理，現在連生理也發出警號預兆，再這樣下去，我很快便會承受不住。決定轉科後，我的心情似乎輕鬆了一點，在主修科目列中我選了會計科，對數字總比對活生生的人好受多了。現在我只差向父母坦白轉科一事，又或者根本不用向他們交代？父親在乎的從來不是我，面子和我二擇其一，他定必毫不猶豫選擇前者。若把事情告訴他，他大概會質疑我，寧願相信那個在他心中是如此成功懂事的惡魔。我早就該明白，這世界上，有誰能不問緣由底蘊地接受我？

風雨到底什麼時候會停？

青青合上日記本，滿是疑惑，她一直以爲蓁蓁之所以患上情緒病是因爲和父母的關係不好，特別是跟父親，二人不是形同陌路便是大動干戈。父母是普遍的雙職家長，早上工作，下班之後身心俱疲，甚少有精力時間和女兒溝通，因此姊妹倆是彼此談天，玩樂，上學，社交的最佳拍檔，她們的感情基礎是從小欠缺父母關愛而培養出來的。小時候蓁蓁和父親的關係不至於那麼緊張，閒時父親會帶姊妹倆到圖書館，吃下午茶，有說有笑。到了青春期，父親和蓁蓁的距離突然拉遠，青青不以爲意，原以爲長大後蓁蓁就會和父親回復昔日模樣。但後來二人的關係一直變差，蓁蓁離家出走，說起來，青青並沒有深究過蓁蓁患病的箇中原因，也許和父親的破裂只是觸發點。

那件事到底是什麼？

4.

送走最後一位客人，弘馬上脫下制服，跑進廚房，跟正在清洗用具的青青說：「不要洗了，再不出發就趕不及了！」

「趕不及去哪兒？」青青一頭霧水。

「你最愛的抹茶雪糕買一送一啊！今天是最後一天，還有二十分鐘，來，快走吧。」弘拉著手上還帶著洗碗手套的青青，踏著碎步離開奶茶店。

二人趕及在優惠完結的最後三分鐘到達，一人一杯特濃抹茶雪糕，在海旁享受一天結束的甜點犒賞。減去人來人往的擠擁，被夜色籠罩的城市顯得特別平靜，潮起潮落的聲音如平穩的呼吸聲，青青舔著雪糕，腦袋難得地沒有高速運轉。自從找到蓁蓁的日記本後，青青一有空餘時間便像是偵探在頁裡找線索，看看字裡行間有沒有藏了什麼蛛絲馬跡。說是日記，但蓁蓁記錄生活的頻率不多，有時候一星期一篇，有的時候三個月才有一篇，日記外發生的事，青青根本無從得知，難以拼湊整幅圖畫。

「好吃嗎？」青青還在品嘗雪糕的香滑，弘的那杯已經安躺在他的肚皮中了。

「嗯。」

「明天我帶你去吃另一間新開的韓式甜品店，聽說那家的雪花冰是韓國第一，總共有二十種口味呢。」弘說，伸出舌頭舔去掛在唇上的雪糕。

「又吃！這樣下去，我真的會發胖呢。」這幾個月來，弘隔兩天便找藉口約青青吃甜點，有時說有買一送一，有時又說店裡有優惠，有一次來到一家糖水舖，碰巧店裡午夜時段買一竟然送二，弘一口氣點了四款糖水，結果足足來了十二道甜品，吃不完打包拿走的青青吃了三個星期都還未吃完。

「不要緊啊，胖了之後再減就可以了。吃甜品能讓腦袋釋放多巴胺，會開心放鬆一點，能夠開心，發胖一點也值得吧。」弘把身子靠近青青一點。

青青笑了笑，她明白弘的用意，他那麼用心，每天找各式各樣的方法也只是想逗自己笑，希望自己振作起來。弘的樂觀的確感染到青青，跟他在一起的時候，蓁蓁的事變得沒那麼難啟齒，心情也輕省了一些。

「不知道有沒有跟你提過，我的父親也是自殺走的。」弘的話把讓青青一下子回到現實，腦袋瞬間沉甸甸。

＊＊＊

弘的父親話不多，安靜的程度嚴重得一度讓弘懷疑他其實是啞巴，直到有一次他在父親煮飯時跑進廚房，打算幫忙從焗爐中拿出焗好的番茄豬扒飯，差點赤手取出焗盤的一刻，父親大喝制止：「小心！」弘才察覺到父親的聲音很好聽，一點也不像電視劇所描繪的廚師，穿著黃跡斑斑的圍裙說話豪邁粗魯，父親總是穿著一條摺痕也沒有的黑色圍裙，聲音溫柔慈祥，而且默默注視關心著自己。

雖然父親不愛說話，但他愛下廚，中餐西餐泰餐越南餐也難不倒他。弘最喜歡父親煮甜品，因爲父親會叫他擔任小助手，幫忙搓麵粉，切水果，量材料的分量，擺碟裝飾，他因此能聽到父親認眞的聲線，簡短清晰的指令。父親做飯時一絲不苟，分量的掌握要精準，調味醃製的時間要拿捏準確，早晚一分鐘也是大忌，火候要恰到好處，因此家中用的必須是傳統的明火爐，不能是冷冰冰的電磁爐，父親說這樣的火候才有溫度，食物才有水準。

假日的時候，父親會帶弘到菜市場買菜，不是室內有空調的超級市場，而是路邊叫賣聲四起的濕街市。鯪魚肉要起刺去骨，豬肉要梅頭，夏天莧菜通菜當造，冬天就該吃白菜芥蘭。父親在買菜的時候會露出一副在家截然不同的樣子，活像小孩子進入玩具店，雙眼炯炯，神色興奮。好幾次人潮太多，弘在攤檔與父親走散了，父親過了許久才發現，幸好弘當時已經有手提電話，父子倆才能約好在街尾的巴士站相見。

弘自少就知道，烹飪是父親向世界發聲的途徑。有些人能自如地向外宣洩自己的內心想法，有人卻不然，要透過其他器皿承載自己的心思意念，而父親的器皿是烹飪。

弘看過父親在惹怒母親後，在深夜時躡手躡腳，預備了母親最愛的藍莓芝士蛋糕，翌日早上，母親在冰箱發現了驚喜，怒氣全消，破涕而笑。幼稚園每月的生日會，同學們最期待的便是弘父親炮製的食物，雖然只是簡單的菠蘿香腸，瑞士雞翼，公司三文治，但父親總會在擺盤時花心思，把香腸剪成墨魚形狀，把三文治弄成卡通人物搞怪的表情圖案，逗得孩子們特別雀躍。

父親的細心，對人的關心和愛，全顯露在他用心預備的食物上。

然而，一次的無心之失把父親僅有的器皿打破，讓他徹底與世界割裂。

因處理食材失當，一名食客在父親任職的餐廳進食後食物中毒，碰巧食客的家人是著名食評家，他在網上公開批評父親不專業，竟然繼續使用變壞了的食材，餐廳應該立即解僱任職總廚的父親。雖然備料切菜的過程並不是由父親經手，但因父親是總廚，理應監管整個備餐程序，而且父親的確沒有及時發現食材變壞，身居要職的他必須爲意外負起責任。

父親被餐廳解僱了，同行的老闆聽聞該篇食評後也不敢聘請他，父親頓時成了業界的過街老鼠。對於一個熱愛煮食卻不善言辭的父親來說，這宗意外把他拋至谷底，黑暗徹底籠罩著他。他嘗試向餐廳解釋，但沒有人相信他，他甚至主動寫信給受害者和他的家人，但他們沒有回覆。父親一下子失去了向世界表達自己的話筒，他沮喪，拒絕找下一份工作，甚至連家中廚房也不再踏入半步。

「可能有人會認爲他的反應太極端，是他自身的問題，不能把責任推卸到別人身上，」弘深呼吸一口氣，回憶起父親離去前的自我封閉，受盡千夫所指卻啞口無言，緩緩說道：「但沒有人是我的父親，沒有人能成爲任何人然後切身地去體驗他人所經歷的種種。或許他眞的很難受，很受傷，心裡很痛，而這種痛是旁人沒有資格輕易否認，批評，看低的。」

青青一下子找不到合適的語句安慰弘，她把手放在弘的手背上，二人的背影在夜色的包圍下顯得更親密，更貼近。

「所以你開奶茶店是因爲你父親？」

「某程度上是吧。我貪吃，中外鹹甜都愛吃，不過我父親的烹飪基因沒有遺傳到我身上，我會煮，但煮得不夠好吃，不能上大場面。不過，我跟我父親有同樣的夢想，就是希望透過食物帶給別人幸福滿足的感覺，飲品也可以讓人快樂啊，聽說珍珠奶茶會令人上癮呢。」弘說，試圖驅散沉重的氣氛：「而且，飲珍珠奶茶而食物中毒的機率很少，放心，我不會步我父親的後塵！」

青青拍打弘的肩，二人相視而笑。

＊＊＊

七月三日　多雲

今天接青青放學的時候，突然想起小時候有一段時間，爸媽去了外地工作，每天也是由我接送青青上下課。

青青從小跟我讀同一間幼稚園和小學，我升小一時她在念低班，我升中一的時候她小五，每次離開她，她就愁眉苦臉，開學後的一個月都嚷著要我陪她上學。爸媽出差的那段時間，我成了家中唯一的大人，買外賣做家務，盯著青青做功課溫習，喚她起床送她上學，全由我一手包辦。雖然之後我不准她跟我念同一間中學，偷偷更改了中學志願表的排名，免得她再次經歷升班焦慮，不過打從心底裡，我確實挺享受充當照顧者，被她倚靠的感覺。

趁著今天放假，我特意到大學接青青，給她一個驚喜。她見到我就甩掉本來一起放學的同伴，跑到我面前彎著我的手臂，抱怨教授像個科學怪人，講課悶得讓她頭上長了顆菇。我告訴她大學的課大多都是這樣，老師在台上講他想講的，學生在台下各做各的，還有四年要捱。她把頭挨在我的肩上，毛燥的頭髮摩挲住我的臉，像個小朋友一樣賴皮，說著不想唸書，要我幫她做功課，我隨口說了句，好啊，她馬上假裝要親我一口，誇口說著要請我到校園最貴的西餐廳吃午餐。

看著她充滿孩子氣的側臉，我感到久違的踏實。青青，但願你能保持爛漫，但願你繼續相信世界上是沒有解不開的難題。

但願你永遠不會發現，並不是所有問題，我都能給你答案。

5.

「我的頭髮有沒有塌下來？衣領這樣放下來可以嗎？你確定不用再買禮物上去嗎？」弘緊張兮兮地問，用手不斷整理著已被過量的髮膠黏得直立起來的頭髮。

「不用了，你現在這樣很好看，我們買了水果已經足夠了。」青青回答，語氣中透著笑意，一路上，弘已經再三詢問青青自己的裝扮是否合適，有沒有口氣，止汗劑的氣味會否太重，水果的種類會否不足夠，青青耐心地安撫他，看他如此著緊與父母的初次見面，心裡甜絲絲的。

自二人正式交往後，青青一直想找機會介紹弘給父母認識，剛好是中秋節，不用硬找藉口，終於能夠讓三人見面。開門的是母親，她客套地和弘打了招呼，寒暄了幾句，著他先到客廳坐一下，晚餐快預備好。青青帶弘在家裡走了一圈，簡潔明亮的裝潢，恰到數量的裝飾品，每樣家具都配上一體的顏色，款式，看上去，所有東西都是經過精心挑選的。

「整齊得像示範單位。」弘不以爲意地說。

弘發現，家中有一幅嵌在牆上的全家福，是最小的尺寸，油畫質感，在電視櫃的旁邊，儼如被遺忘了的擺設。

母親煮好了晚飯，父親悠悠地從主人房步出，像是看不到弘和青青，逕自走到飯桌旁。弘不知道如何和青青父親打開話匣子，之前在奶茶店碰過面一次，互相的初次印象也不良好，加上聽聞過他對青青和她姐姐的冷淡，弘只好掛上在店內招呼客人的笑容，毫無感情地說：「伯父，感謝你的邀請，我不客氣了。」

父親睨了弘一眼，像是公司經理審視前來應徵的新人，冷冰冰地說：「不用感謝，我沒有邀請你，你自便。」

「爸！」青青忍不住放下了碗筷，瓷碗碰到木桌的聲音響亮，父親總是能引爆青青用力遏止的情緒。

弘捉緊青青的手，試圖讓她冷靜，他知道如何應對。

「伯父，我知道你看我不順眼，也許在你眼中我只是個黃毛小子，高攀不起青青，但我向你保證，從今以後我一定會好好照顧她，不會讓她受任何一點氣。」弘在最後一句話加重語氣，態度強硬，眼神堅定。

父親冷笑一聲，輕輕仰起頭，仍然是那張瞧不起弘的嘴臉：「最好吧，我家的女兒一點點苦也受不起，動不動就會嚷生嚷死，你最好有心理準備。」

母親垂下本來已經低著的頭，肩膀顫動，不知道是否在強忍淚水。青青的理智全斷弦，強忍著不要把飯菜潑到父親臉上，拿起手袋轉身就走。弘欠身站起來，匆忙地跟著靑靑，一句話也沒有落下。

＊＊＊

靑靑生氣，淚水直直滾下，她索性讓眼淚和鼻涕交混一起，顧不著什麼儀態形象。弘跟在她身後，踩著靑靑瘦薄得快要被月光吹散的倒影，二人的斜影合在一起彷彿有了重量，靑靑不至於那麼孤單。

靑靑的腦袋一片雜亂，她原以爲她只是和父親疏離，所以跟他談天總覺得隔著一個荒蕪沙漠，什麼話也說不出口，說出口的隨風沙一揚就散，很虛很薄。但她終於發現，她恨他，自蓁蓁離家出走後，靑靑一直恨他。她恨他如此橫蠻，從來也不把蓁蓁的聲音聽入耳，她恨他冷漠，說話總是不留情面，一句一句如機關槍擊在蓁蓁身上，讓她滿身傷痕，心中的洞愈來愈大。她恨他沒有留住蓁蓁，從不過問蓁蓁去了哪兒，什麼時候回家。直到蓁蓁死了，他也不流一滴淚，不收回一句話，木無表情地把蓁蓁推進火爐，任由她就這樣撒手人寰。

她恨他，可是她什麼也改變不到。

靑靑愈走愈慢，最後索性蹲了下來，抱著膝痛哭起來。她不明白父親，她從來都不明白他，爲什麼他不願意讓女兒幸福快樂，總是要把一切美好捏成碎片，讓家中的人無力淌血。青青知道母親也被父親剛才的話傷害了，可是她從不發聲，只會默默低頭垂淚，青青不解，到底母親從何時開始變得如此懦弱，從何時開始她連說話呼吸都小心翼翼，爲什麼她不可以大方地難過流淚。

蓁蓁走後，家中本來隱約的裂痕變得清晰可見，一碰便碎，碎掉的全是青青想還原的拼圖，若果能把拼圖復原，或許蓁蓁的死就有原有因了。無力感讓青青更加難受，弘上前擁著她，接住了整夜心碎。

＊＊＊

青青約了母親到海旁的咖啡店，盛夏的陽光猛烈，毫不留情地打在海面上，整片海都映著一陣刺眼的光亮，青青揉揉眼睛，把視線轉回室內。母親拖著一個行李箱，青青向她招手，她先把行李箱擱在店門旁邊，跟店員說了幾句，才走到青青的位置。

「行李箱太大了，我跟店員說先幫我保管，走的時候才取回。」在母親單獨外出時她總是能快速地下決定，青青想到若果母親今天是和父親一起到來，她定必一邊笨拙地拖著行李箱，一邊聽著父親的指示，父親不喜歡外人隨便碰他的東西。

青青聳肩，表示沒有所謂。行李箱內是青青遺留在家的衣物，本來她打算丟掉，但母親堅持要帶出來給她，大概只是想趁機見青青一面。

上次和父親不歡而散後，青青便決定搬走，父親能夠在弘面前把蓁蓁的事說得那麼難聽，那麼隨便，青青也不想再跟他有任何聯絡，蓁蓁於她而言是這麼的重要，她不願在父親口中聽到任何不尊重的話。

更何況，蓁蓁亦是他的女兒，理應是他心上的肉，何而他竟能如此不痛不癢？

「搬出來習慣嗎？」母親問，眼中流露著擔心。

「還不錯，起碼不用再看人臉色。」

「你還在生你爸的氣嗎？」

青青不敢相信母親竟然提出這個問題，憤怒從來不是令青青搬走的原因，而是她無法理解父親的所有行爲，他的情緒，言行，在青青眼中全都充滿著矛盾。她對於他的不解累積到一個程度令她無法和他相處，無法心平氣和地和他討論任何決定，她曾經打算直問父親爲何對蓁蓁的事如此冷酷無情，但他在上次飯局上的說話令她心寒，她沒有勇氣質問他取消原因。

母親嘆了一口氣，撫著脖子上的疤痕，這是她不知道如何是好時的小動作。母親脖子上有一道燙傷的疤痕，從左耳下緣至鎖骨位置，不規則如地圖上的某塊大陸，起初是凸起的，早幾年蓁蓁和青青存了錢，請母親做激光去疤，雖然療程的效果不大，但凸出來的地方都被撫平了，塗上遮瑕膏的話，在暗光之處不太明顯。

「媽，你知道我爲什麼要搬走，就好像你也知道蓁蓁爲什麼要搬走，可是你卻沒有留住我們。說起來，我不只對父親生氣，對你，我更加生氣，你明明可以勸他，勸我們，但爲什麼你選擇什麼話都不說？」青青說，太陽穴蹦出幾道青筋，她乏力地靠在椅上，等待著母親的回應。

「對不……」

「不要說對不起，你要道歉的不是我，而是蓁蓁。」

母親拭去眼角的淚水，抿著嘴唇，乾裂的唇上裂開了一道道細痕，有些結焦了，有些還滲著血水，裂痕猶如山峽，掉進其中只有強行撐開的疼痛和鮮血：「對不起，我知道我不是一個好母親。有時候我會懷疑自己，到底憑什麼成爲母親，憑什麼擁有你和蓁蓁。我以爲我習慣失去，我以爲我承受得到，但原來，失去她眞的很痛很痛。」

＊＊＊

被燙傷的時候，她腦海裡只有一個想法：以後沒有人會要我了，怎麼辦？救護人員把冰袋敷在熱水烙下之處，一直到上了救護車，到了醫院，她也只擔心以後的事，當下的疼痛，灼熱，包紮時的勒緊，醫生吩咐她如何照顧傷口，這通通她都聽不進耳。

父母在她等候取藥的時候才來到，父親劈頭便問：「你又搞出什麼好事來？」聽到父親的聲音，她才感受到痛，哭了起來。母親走近，擁著她，不敢撫摸被紗布厚厚纏繞的脖子。「在你身上總是沒有好事發生。」父親說，急躁地走到櫃檯催促。她靠在母親懷中，二人像是有心靈感應，什麼話都不敢說。

她是個龍鳳胎兒，有一個早她三分鐘出生的哥哥，在她竄出母親身體的半小時後，哥哥失去了心跳，本來歡天喜地的一家人頓時悲喜交集，醫生護士不知道該說恭喜還是節哀順變，母親只默默垂淚，走到氧氣箱內看著正哇哇大哭的她，上揚的嘴角和滿臉的淚水讓駐院社工不知所措。哥哥的去世比她的出生更重要，父親重男輕女，母親懷孕的時候照超聲波，知道是對龍鳳胎後，他一早便取了哥哥的名字。而她，是在安葬哥哥之後，母親獨自到出生登記處拿她的出世紙，姓名一欄單字，念。

她時常覺得，她的存在只爲了紀念哥哥，或者是紀念某種美好的事物，衆人都想念逝去的美好，沒有人仔細問過她心心念念的到底是什麼。

父親打她罵她的時候，母親會從旁阻止，但父親對她的責難沒有減少過，反而轉把怒氣發洩到母親身上，有一次母親欲收起父親的藤條，父親竟然把她一手推落地，母親的頭撞到檯角暈了過去。把母親送到醫院後社工跟進，詢問她是否有家暴事件，若然有的話，要先把未成年的她送到庇護中心，再讓父母親上庭處理監護權的問題。她一心不想失去家，不假思索地回答社工：「沒有，是媽媽不小心滑倒的。」結果這成爲了一生中最後悔說出口的謊話。

母親出院後，每當父親大發雷霆時，她都用眼神勸阻母親，不用出手幫她，她咬著唇閉著眼，捱過便好了。在夜裡，母親會陪她進睡，一邊輕輕撫著她脖子上的疤痕，一邊說起很多年輕時的回憶，母親說起舊事，總是半瞇著眼睛，嘴巴開開合合，停頓的時候露出一種茫然的神色，好像在說服自己，曾經有開心的片段發生過，生活曾經一無掛慮。母親告訴她名字的意思：「念，能夠想念是一種福氣，若果你日後的生活不平順，只要抓緊值得想念的人和事，就足以支撐你活下去。」

那夜，她躲在母親的懷中，聽她小心翼翼的呼吸聲，偶然母親從夢中驚醒，她也跟著醒過來，二人斷斷續續地說了一些話，但她只記得母親睡著的時候眉頭緊緊蹙在一起，好像把世上的所有心事都聚攏在眉間，解不開，就由它停留變成皺紋。她感受到母親的後悔，感受到母親對現狀的無奈，她不知道自己有沒有值得想念的人和事，若然沒有，她會否比母親更加軟弱，更加無能爲力？她不想如母親一樣啞忍，她不想只能緬懷舊事，她想成爲一個令人放在心上的人。

因此，當他追求她時，她一心以爲終於有人願意把她的一切事放上心，她答應與他交往，每次出門時都用厚厚的遮瑕膏蓋在疤痕上，生怕他一看到便會放開她的手。但他沒有，在他發現她脖子上的形狀時，他把她的手握得更緊：「沒事，以後有我保護你。」她舒懷一笑，終於有人眞心地記掛著自己。他們從中學時代開始交往，他是家中的長子，中學畢業後便投身職場，養起家中的兩個弟弟。幸好，他的職涯發展順利，換了幾份工作後名銜和薪金都連升幾級，生活安定了，他向她求婚。

結婚，聽著就像是一個夢，她從沒試過夢想成眞，戰戰兢兢地戴上了戒指，傾出所有海誓山盟築成了他們的家。每當他放工回家，她從廚房端出家常便飯時，她都覺得很幸福，這種感覺是她在童年時未曾觸碰過的，是她不敢想像的，是如電視劇裡男女主角經歷患難後終於步入白色教堂般遙不可及的。家中的裝潢佈置，貸款雜費，節日安排，通通由他作主，他說：「所有事情交給我安排，你只需負責當我背後的女人。」

起初一切都如包裹著糖衣的肥皂泡，在陽光下閃爍耀眼，映出的彩光特別夢幻，她聽他的話，任何事情都讓他安排，她把自己藏於泡中，在他的保護罩下她不用擔心外面的變幻天氣。但肥皂泡終究不是整個世界，她漸漸感到窒息，空氣乾竭，她想重投社會，他卻問爲什麼：「我給的家用不夠嗎？你出去工作是爲了認識其他人嗎？你沒有工作經驗，誰會請你？」她頓時語塞，沒想到他竟然露出張牙舞爪的一面，她順從他的意見，繼續留在家中。

家中養了一缸金魚，在家的日子愈長，她愈覺得自己就像魚兒，瞪著雙眼想逃出玻璃缸，最後卻屈服在三餐一宿的照料下，漸漸忘記了如何在海裡呼吸。他要買最貴的魚糧，最先進的泵水器，金魚的鱗片卻仍然暗啞，有天早上醒來，幾條魚兒反肚死去了。

「有沒有搞錯，已經買最貴最好的魚糧了。」

「始終是人工飼料，營養不良。」

他聽不懂她的話，她也沒有解釋。

蓁蓁出生後，他的控制欲愈來愈嚴重。他要她每次出門時報到，去了哪兒，見了哪些人，他吩咐她不能隨便帶嬰兒外出，太多細菌，太危險。他甚至希望她可以在家教授蓁蓁，上網查了一大堆資料說服她在家學習比學校教育有更多好處，更能培育女兒成材，她覺得他太極端了，明明結婚前二人已商討過送孩子到哪間學校，上哪些興趣班，怎麼現在他卻要她當在家老師，她沒有經驗亦沒有信心。

「不是說好了要送蓁蓁到私立學校，讓她好好在學校認識同輩，有正常社交嗎？」

「我想過了，外國很多地方都建議家長不要太早送孩子上學，在家教育更有效率。」

她只覺得他強詞奪理，根本拿不出站得住腳的道理，在家學習是有其好處，不過重點是她根本不想母兼教職，她不明白讓蓁蓁上正規課程有什麼問題：「我不想在家教孩子，不然你辭職當住家父親。」

「我辭職？那誰養家？你嗎？你可以嗎？」不知從何時開始，他說話時習慣抱著雙手，仰起頭，以一種高姿態傲視她。

「我可以，前提是你要讓我工作。結婚之前你明明說過我要做什麼也可以，怎麼現在你只想我留在家中？你變了。」

「我沒有變，我一樣愛你，難道你感受不到嗎？」他靠近她，試圖以眼中的溫柔說服她。

她看見的不是溫柔，而是可怕的情感勒索，他以愛爲名，把她囚禁。

她抱著被爭吵聲鬧醒的蓁蓁，躲回房間中，他把電視的聲量調得很大，蓋過了孩子的哭啼和她的抽泣。

肥皂泡破了，她從高處掉落，很痛。

6.

「你過來看看，我發現了蟛蟹棲身的洞穴呢，一個一個洞好像月球表面的的坑紋。」弘小心翼翼地拿走沙上的膠袋，只見幾隻身上有著白斑點的小蟛蟹從洞中探頭，鑽出洞穴走到大石旁，海浪拍岸，蟛蟹順著浪潮竄至另一個洞穴中。弘蹲在沙灘上，一邊撿拾沙上的垃圾，一邊喃喃自語：「怎麼有人那麼沒有公德心，膠袋飲管卽棄餐具，連安全套都隨處亂丟！」

最近奶茶店的生意上了軌道，有資金多請人手，適逢公衆假期，弘和青青終於能遠離繁囂，跑到海邊充充電。青青看著弘化身沙灘清道夫，認眞地把撿到的垃圾堆積分類，偶然發現小動物又會興奮地大叫大嚷的模樣，不禁令人發笑。

蓁蓁應該會喜歡弘吧。青青想，手腕圈著蓁蓁的貝殼風鈴，海濤聲和鈴聲交替蕩漾，大自然的節奏特別放鬆悅耳。每次交男朋友，青青都會介紹給蓁蓁認識，那個他太小家，這個又太霸道，另外一個雖然細心但未免有點優柔寡斷。從前青青嫌蓁蓁的眼光挑剔，現在回想她的意見一針見血，之前的幾個男友在交往後本性盡現，幾段戀情都無疾而終。若果蓁蓁還在，不知道她會對弘有甚麼評價呢？姐妹倆經常幻想長大後遇上眞命天子，舉辦婚禮時對方上台的致辭內容，青青甚至已經選好祝歌，打算在蓁蓁婚禮上獻上一曲。

「我才不要在你婚禮上當什麼表演嘉賓，你只管把人情禮金交給我，我負責幫你保管。」蓁蓁說，她沒有青青外向富表演慾，只想靜靜地看妹妹出嫁。

「但我想你上台說幾句真心話，讓我感動一下嘛。」

「說真心話太老套了，我只會在台上公開你的怪癖，壞習慣，童年最糗的事。」蓁蓁說，青青翻了翻白眼，別個頭不理睬姐姐。

若果蓁蓁還在，青青相信這次她會認同自己的眼光，弘的踏實和樂觀如同海上浮台，好讓青青在這段時間喘息過來，青青想像若然有機會三人吃一頓飯，弘的冷笑話必定會逗得她和蓁蓁捧腹大笑，飯後弘會帶她們到最近人氣旺盛的甜品店，蓁蓁的甜品喜好跟青青相似，青青彷彿聽到蓁蓁嚐甜後的滿足感嘆：「這個好吃，下次我們再來！」

一抹熟悉的身影在青青眼前走過，身穿夾克戴著鴨舌帽的林手持太陽傘，身旁的是芯，二人有說有笑，海水湧至，芯脫下鞋子，拉著林走進淺水處。

青青和二人的距離略遠，隱約看到林把外套蓋在芯的肩上，替她拿著鞋子，臉上掛著難得的笑容，二人的互動是那麼的自然和親暱。一股憤怒如浪濤一下子湧上來，蓁蓁剛離開，林竟然帶著另一個她來到蓁蓁生前最愛的海邊，而那個她還是蓁蓁的好友。青青想起林在葬禮上哭得說不出話的樣子，芯憔悴落泊地安慰自己，難道這一切都是裝出來的嗎？還說自己多麼想念蓁蓁，原來只是個虛假的多情男人。青青看著二人嬉水的身影，本來輕鬆的心情變得焦燥萬分，拿起背包，跟還在和螃蟹玩捉迷藏的弘說：「天快要黑了，我們走吧！」

＊＊＊

走到停車場，青青便看到林和芯正在取車，四人碰面，林主動招呼：「那麼巧，這位是你男朋友？」

弘大方地摟著青青，說：「對啊，你是？」

「他是蓁蓁的未婚夫。」青青說，語氣冷淡，並沒有繼續介紹之意。

弘察覺到氣氛不妥，馬上說：「我去買飲料，你們聊。」

林和芯面面相覷，青青直接了當地問：「你們在一起嗎？」

「不是，你不要誤會。」芯說，語氣認眞，不像在說謊：「青，我知道你在想甚麼，蓁蓁剛走，我怎麼會做出不尊重她的事。」芯從小和兩姊妹一起長大，跟蓁蓁同讀一間小學和中學，後來一起考進了醫學院，二人感情好，大學時同住一間宿舍，見面的時間比蓁蓁和青青更多。

「你不要多想，我們只是剛好一起放假，約出來聚舊。」林說。

「約在海邊聚舊？這裡不是你跟蓁蓁求婚的地方嗎，你不怕觸景傷情嗎？」去年，林籌備了求婚驚喜，趁著蓁蓁生日，偷偷約了她的幾個好友和青青，在海邊向蓁蓁求婚。本來一切準備就緒，誰知突然風雲變色，下起大雨來，點好的蠟燭全都淋熄了，幸好蓁蓁一點也不介意，求婚計劃尚算成功。

青青記得蓁蓁努力地忍住淚水，等到林說完求婚誓詞後才一邊哭著說我願意，青青和好友們驚喜現身，獻上祝福。傾盆大雨仍不減蓁蓁臉上的幸福，一切恍如昨天，有誰能預想到一年後婚禮取消了，新娘永遠缺席了。

林聽得出青青話裡的諷刺，垂下頭，一臉委屈。

「青，你冷靜一點，我明白蓁蓁的事對你打擊很大，但我們又何嘗不難過呢？我們只是普通朋友聚一下舊，若你不介意，我們下次也可以約你一起散散心。」芯說話總是那麼有論點，有條理，令人無從反駁：「若果你執意相信你看見卻未證實的事，我也沒辦法，只要蓁蓁知道我們並沒有對不起她就可以了。」

青青氣得說不出話，在芯面前，她永遠都像個小妹妹，道理永遠都在芯那邊，蓁蓁說過芯是三人當中最聰明的，如一盞指路明燈，青青現在卻不想再聽到芯的聲音，她說的話是真是假，青青無從得知。

「汽水買二送二，來，你們一人一支！」弘及時回來，把汽水遞給林和芯，三人仍然僵持：

「我們趕時間，下次見！」弘見狀馬上拉著青青上車，她的臉色又黑又紅，弘不敢多問。

＊＊＊

「算吧，你再跟他吵下去也不會有結論。」蓁蓁拉著芯，二人在補習社門外已經十五分鐘了，芯還在爲剛才的事耿耿於懷，誓要爲蓁蓁出一口氣。

「他憑什麼說你的文章差？明明你的選材新穎，文筆流暢，又沒有離題，卽使表現不突出也不至於不合格吧，我覺得他擺明在針對你。」芯說，一邊盯著補習社的員工室，若然老師一出來，她便會立刻攔下，爲蓁蓁抱不平。

「考試制度就是這樣，評分標準從來也是不公平，到時候眞正考試，若果不幸碰上個嚴謹的評卷員，卽使我們保持平常的發揮水準，最後的分數也會大打折扣，」蓁蓁聳肩，嘆了一口氣：「唯有再努力一些吧。」

「卽使如此，他也不用當衆奚落你，他不喜歡你的文章並不代表什麼，文學從來都是沒有標準的，他剛才的行爲實在太離譜了！」剛才補習老師不但把蓁蓁的文章批評得一文不值，而且當著全班同學把作文卷丟在她身上，要她重作，蓁蓁雖然感不忿，但也只能默默啞忍，免得和老師正面衝突。

「算了吧，可能他只是著緊我，想我進步。」

「你怎麼還幫他找藉口？無論如何，我覺得他不應該那麼激動把試卷丟向你，他這個行爲完全不配當老師。」

「那你想怎樣？你想他怎樣？我可以怎樣？」蓁蓁說，不自覺地提高了聲線：「有些事情就是這樣，是不公平，是他不對，但我們也不能怎樣，我不能怎樣。」

「爲什麼不能怎樣？要求他道歉啊，他這樣對待學生就是不對。」

蓁蓁不想跟芯吵下去，她放開了芯，轉身離開補習社。

放學後的街道映著一片昏黃，還有半年便要考公開試升大學，蓁蓁每天在學校補課，到補習社操練試題，放學的時候街上已散去熱鬧，剩下寥寥幾個小販在叫賣，蓁蓁停下腳步，買了一個烤番薯，番薯的溫熱帶給她慰藉，一天的忙碌終於完結。

沿著舊街走到盡頭，爬上長樓梯，蓁蓁放下書包，坐在長椅上看夜空雲影。都市中看天上繁星猶如童話，蓁蓁半瞇著眼睛，寒風撩動番薯的煙升到空中，霓虹燈溶化在煙中朦朧飄渺，蓁蓁想像星空一片，自己無聲無息地消失，沒有人發現，就這樣，掉進某個與星空相接的縫隙。

芯是對的，補習老師的確在針對自己，今天的事不是第一次，上星期模擬考試蓁蓁失手，分數退步了，老師遞卷時沒有正面看她，只拋下了一句：「這個分數醫學院是不會錄取你的。」蓁蓁自知失準也沒有辯駁，默默接下了卷。後來上網搜尋大學資料才發現自己在模擬考試的表現雖然不突出，但也達到了醫學院的最低收生分數，加上個人履歷和課外活動，要得到面試機會並不是問題，只要正式考試時保持平日發揮，應該能夠成功被錄取。老師只想打擊自己，存心讓她難受。

無緣無故被針對，蓁蓁習慣忍耐，說得好聽是逆來順受，但爲何逆來順受就是好？爲何忍受是美德，放聲宣洩卻是無禮，不成熟，應用盡方法抑壓？蓁蓁用力閉上眼睛，不想再讓問題發酵，她怕再想下去會得到答案。得到答案又如何，她沒有勇氣面對，她習慣忍耐，忍耐是好的。

芯喘著氣坐在蓁蓁身旁，樓梯太陡峭，加上書包的重量猶如負重健身一小時：「對不起，我不應該逼你跟他對質，我明知道你不喜歡這樣。」

蓁蓁嗯了一聲，從口袋裡掏出紙巾給芯抹去額上汗珠。芯這個人從不忌諱道歉，做錯了就該承認，讓人難受就應把人哄回，雖然說話直率形象強勢，但芯的內心比蓁蓁更柔軟，更體貼，蓁蓁因此總能在她身上得到力量。

「今晚的天空好像很近，像隨時會傾倒，會窒息。」蓁蓁把番薯掰開，分一半給芯，另一半握著手心取暖。

「是嗎？」芯仰起頭，在她眼中每夜的天空也相像，生活如流水，她忙著築起木筏，遇上急流不勇退，渡過了河才算有用處，她的對岸是醫學院，其他風景一律暫且掠過，說起來，芯早已忘記上一次靜靜地看夜空是什麼時候：「定睛於一樣事物久了就會有窒息的感覺。」

「眞累。」

「做人嗎？不那麼著緊就不會累。」

「即使我對任何事也不著緊，卻總是有煩心的事找上我。」蓁蓁說，補習老師的事只是冰山一角。

「升大學之前，我們去趟旅行吧。回來之後到補習社，把成績單和醫學院的錄取通知書丟在他身上。」芯的神情饒有自信：「你想去哪兒旅行？」

蓁蓁認眞地想了想：「我想去學潛水。」

「潛水？很危險吧，我不會游泳。」芯害怕在水裡的感覺，腳踏不到陸地讓她慌亂，她並不是討厭運動，小時候曾經參加田徑隊贏過幾面長跑獎牌，只是她做事需要萬二分安全，觸不到的最好不要碰，更何況是深入沒有空氣的海底。

「那我自己去。」蓁蓁沒有所謂，反正學潛水的計劃中從來也沒有其他人，她只想一個人去看海。

芯聽到蓁蓁要獨自學潛水，皺起眉頭，滿臉擔憂：「你最好跟你的家人先報備，不然一會兒撿到浮屍也不知道是你。」

「不吉利。」

「記得一定要找間正規的潛水學校，教練至少要有十年經驗，潛水裝備不要用二手的。啊，你到時候成年了嗎？還未成年的話要找人陪同，最好還是先找你的爸媽說一聲。」芯知道蓁蓁一旦下定了決心，要做的事就必定要做到，她也不想阻止，只好使出碎碎唸一招，好讓蓁蓁有心理準備，免得到時候出意外。

蓁蓁把頭靠在芯的肩上：「知道啦，你好煩。」

「就是要不停煩你，你才會清楚自己在做什麼。」芯和蓁蓁從小便一直同班，老師揀選了二人當班長，芯為人衝動率直，蓁蓁細心謹慎，正好互補。唯一相似的地方是二人都倔強，說好了要一起當醫生，讀書路上遇到任何挫折也咬緊牙關埋頭闖過。撇除當醫生的決心，蓁蓁做事思前想後，芯果斷有目標，很多時候芯從旁給意見，蓁蓁多數都會接受。

「眞了解我。」蓁蓁羨慕芯，做甚麼事都決斷，在她眼中，前路必定有終點，終點必會陽光普照，她只管卯起來衝。芯的性格遺傳她的父母，出自醫生世家，芯的家教不算嚴厲，父母沒有強迫她要讀醫，鼓勵她多嘗試，走哪條路都可以，不過叮囑她做任何事都要全力以赴，不能半途放棄。芯曾邀請蓁蓁到家裡吃飯，父母一聽到蓁蓁也要考醫學院，第一時間不是稱讚她有上進心，而是關心她作息是否定時，叮囑她不要只顧溫習廢寢忘餐，整頓飯不停往蓁蓁碗裡添菜，生怕她吃得不夠。蓁蓁難得地感受到被重視，離開的時候不捨，想成爲芯家中一分子的念頭在腦海閃過。

蓁蓁由衷地羨慕芯，羨慕她擁有的愛，羨慕她能夠想說什麼就說什麼。

夜幕籠罩，卽使有芯相伴，窒息感仍然徘徊不去，蓁蓁合上眼睛渴望擺脫這股侷促。

7.

她正收拾碗筷，晚飯後要到社區中心幫忙預備探訪長者的物資，快要入冬，很多獨居長者也欠缺禦寒衣物，她問過青青應否把蓁蓁留下的衣物捐出去，青青同意，畢竟蓁蓁生前也有做義工，把衣物送給有需要的人並無不妥。她於是走進兩姊妹的房間，自青青搬走後，房間整齊得更顯冷清，明明放著一張雙層床，床鋪卻毫無主人使用的痕跡，只有幾箱密封了的紙箱安靜地擱在床邊，裡面有蓁蓁的遺物和青青忘了帶走的雜物。當初新居入伙，她便在腦海想像到日後小孩的房間要用什麼顏色，睡床書桌衣櫃要怎樣擺設，房間的粉色牆紙是當初懷著蓁蓁時她親自挑選的，現在牆身泛起發霉的小黑點，書桌蓋著一抹厚厚的灰塵，她雖然看不順眼，但也沒有打掃乾淨，她只想一切維持原狀藉此欺哄自己女兒們仍在。不知為什麼，她早在結婚以前就夢過將來會有兩個女兒，夢裡看不清楚孩子的樣子，她只依稀記得牽著女孩，一人一隻手，在沙上踱步，忽然沙磯下沉，她緊緊捉住孩子的手，她們卻用力掙開，拼命往前跑，她就這樣看著她們遠去的背影，從夢中驚醒。

幸好是夢。她當時這樣想，孩子還未出生，她卻已經為著她們的離去如此害怕，她知道她將會永遠深愛著她們，縱使那時的她們還在一片混沌之中，尚未成形。

「你要去哪兒？」他問，電視上播著天氣預告，未來一星期氣溫急劇下降。
「社區中心。」
「那麼晚，不要去了。」
「有朋友一起，不怕。」
他放下遙控器，轉身看著她：「我叫你不要去。」
她絲毫沒有動搖，拿出鑰匙準備開門。
「好啊，我說的話都不要聽，要走就走吧。」他提高音量，聲音和新聞報道重疊，很吵耳。
她停下動作，放下箱子，和他的視線交接，二人已很久沒有看著彼此的眼睛對話了，總是要在氣氛變差時他們才勉爲其難地溝通：「你到底想怎樣？」
「我想你不要去。」
「我只是到社區中心做義工，爲什麼不能去？」
「我不想你去。」
她苦笑，他連一句隨便的藉口也搬不出來，因爲夜已深，擔心她的安全？天氣轉冷，怕她著涼？都不是，就只是他不想，因爲他不想，她連踏出家門也不可以。

「你有種再說一遍！」

「你說什麼？」他把遙控器摔在地上，電視的聲音仍然很大：「你很可笑。」

她看著他，眼前的他是多麼的陌生，她讀不懂他的表情，感受不到他內心的情緒，她忽然懷念起那個會撫著她脖子上最脆弱的一塊，說著無關痛癢的事哄她睡覺，那個擔心她體弱多病，每個週末四處陪她去看中醫調理身體，那個承諾她風平浪靜，一生以愛相守的他。

「我不去，那你下星期也不要出差。」

「爲什麼？你憑什麼不准我出差。」

「憑我是你妻子，憑你是我丈夫卻肆無忌憚帶著小三以公幹名義去偷食。」

他呆了，想不到她在這個時候揭開底牌和他當面對質。

蓁蓁去世後她的心情低落，索性辭了職在家休息，說是辭職，但其實也只是不當他的私人祕書。兩個女孩上學後，她希望找份兼職打發時間，他說公司生意越來越忙碌，需要一個私人祕書幫忙編排日程，於是把她留在身邊，早晚相對，她離不開他半步。後來她請辭了一段時間，打算陪伴兩個女兒讀書，他雖然不太願意，但還是請了另一位助手分擔工作，自那陣子開始，她便發現他的心悄悄轉往別處，看她的眼神少了一份感覺，手機換了新的密碼，出差的頻率越來越多，一個助手換一個助手，她沒有作聲，一方面沒有證據，另一方面沒有勇氣和他撕破臉。

如今，她的女孩隨著夢境逃至遠方，她還有什麼不能失去？

「我一直都知道，從第一個開始就知道，想著你是兩個女兒的父親，給你一點面子和時間或許你會回頭。但，現在兩個女兒都走了，一個被你逼走，一個被你氣走，我沒有什麼要顧慮的了。」她走到他面前，聲線從來沒有這樣鏗鏘過：「你說啊，你說你憑什麼不讓我走？」

他像一個在戰場上全軍覆沒，硬著頭皮拿起鈍劍面對機關槍的孤兵，眼球左右掠動，努力想出能讓自己輸得不要那麼難看的戰術：「我不知道你在說什麼。」

她想不到他居然否認，她期待著他反駁，開口還擊，說出一些沒有理據的話好讓她能一一拆穿他的謊言，但他竟然退縮。面對一向處於弱勢，任由自己呼喚擺佈的她，他竟然無從招架。

她感到矛盾，眼前的他又可笑又可憐，一直以來他的驕傲源自於自卑，怕失去控制權，以爲聲音夠大就可以箝制家中的一切，但如今她看清了，卸下裝甲的他也只不過是個過分自負的男人，她沒有生氣，倒是有點不知所措，這是她頭一次不帶畏懼地與他抗衡。

「你不是要去社區中心嗎？我陪你去。」他走近她，拿起外套，試圖轉移話題。

「所以你還是要當沒事發生嗎？」她沒有被他的意圖欺騙，壓抑已久的情緒汩汩湧出，她哽咽，爲著他，爲著他們，爲著他們的家：「你還是覺得自己沒有問題嗎？看看現在，家不成家，你還是要繼續逃避嗎？」

「那你想怎樣？難道你不知道我很愛你嗎？」

她搖頭，淚水滑過臉上，說不出話來，這麼多年了，他還是一點兒也沒有變，把愛當藉口，把愛當武器，把愛隨手拈來擲向她好讓她乖乖地繼續順服自己，她唾棄這麼廉價的愛。

他們曾經如此尊崇愛，當他向她的父母提親卻遭反對，他握著她的手，信誓旦旦地說：「無論如何，我都會娶念，我會好好照顧她。」他的手握得那麼緊，像是海嘯來臨二人牢牢抓住彼此不要失散，或是鐵達尼號下沉時的老夫婦，面對冰山也誓死抱緊對方的堅定，她甘心把所有都奉上，只要他們在一起，只要他義無反顧地帶她離開原生的囚牢，共同走進新天新地。婚禮上只有他的家人，她的父母拒絕出席，典禮依然熱鬧，他溫柔地揭開頭紗，掠過臉龐的吻多麼灼熱，交換戒指時她的手在顫抖，牧師說二人將會成爲一體，再沒有事情能將他們分開。當晚她喝了三瓶香檳，回到酒店收到電話說她的母親癌症復發，情況危殆，她迷迷糊糊以爲是詐騙電話，直到翌日醒來趕到醫院看到遺體才清醒過來。舊事已過，一切都變成新的了。牧師說，她才知道母親信了教，喪禮一切都用基督教儀式進行，父親一句話都沒有對她說。送走了母親之後她才驚覺把戒指遺留在婚宴會場，找了一大遍也找不著，他安慰她說不要緊，戒指只是身外物，只要他們在一起。

舊事已過，一切都變成新的了，她這樣相信。到舊家拿回母親買好的龍鳳手鐲，母親一早預備好了嫁妝，寫了一封信給她，祝她新婚快樂要永遠幸福，本來想見證她出嫁但奈何病情急轉直下，不能出院，希望她原諒。她知道是父親不讓母親出席婚禮，刻意隱瞞病情不讓她陪伴母親走最後一程，她想到母親在病床上的煎熬，肉體和心靈上的身不由己，悲傷憤怒湧上心頭：「母親走了，是你讓她走得如此孤獨的，你到底想證明些什麼？」父親依舊沉默，自母親走後他一直沉默，她以為他會開心，急不及待展開第二人生，但他沒有，他只是呆呆待在家中看著母親落下的一切，默然無聲。

她徹底和父親斷絕聯絡。打理新家讓她忙不過來，當作是分散注意力。他帶她去旅行，有時候她想起母親臨終時自己沒有陪伴在側，自責地在夜裡掉淚，他會讓她枕在臂上直到眼淚流乾。

「不怕，有我在。」

她如樹熊緊緊依附著尤加利葉樹，他讓她安心，他讓她重新有一個家。即使後來他的本性原形畢露，過分的控制欲讓她窒息，她也沒有反抗，她怕，她無處可逃。

可是，她和她的母親從來都不是樹熊，尤加利葉有毒，毒素積聚無法排解，母親最後變得萎靡凹陷，被蠶食得失去原有的模樣。她是魚，即使被困在玻璃缸嘗試撞向缸外的世界直至魚唇爆裂魚鰓萎縮鱗片掉落，她還是渴望大海。

「你不愛我，請你不要再說你愛我。」

「我不愛你？我不愛你我會那麼努力賺錢養家，我不愛你我這些年來爲了這頭家付出那麼多，我不愛你我那麼寵你怕你辛苦從來沒有待薄過你，我不愛你我一直沒有嫌棄過你身體那麼虛那麼弱你脖子上的疤痕那麼礙眼？」他的話那麼密那麼快，像是不用思索整合，一早擱在腦海中預備隨時拿出來刺得她千瘡百孔，那麼傷人，那麼殘忍。他終於說出口，他的愛是建基於她的軟弱，她的不足，她的缺陷，在她身旁他看起來才英勇。她是藤蔓他是樹，她依靠他支取陽光雨水，失去他，她只剩枯枝。

她哭得肩膀抖動，淚水滑過臉龐滋潤脖子上的疤痕，她很痛，同時鬆了一口氣，只要他說出口，她便捨得放手。她不想猜疑當初二人的愛，她仍然深信當初的他是眞心眞意地拯救她，她的出現助長了他心中的火焰，慢慢他以爲自己是掌控她的神，火太猛，二人的愛早已燒得殆盡無痕。

「你錯了，這不是愛。」

他錯了，她不是藤蔓他不是樹，他是向日葵而她是太陽，只要她收起熾熱的光線，躲在雲層背後不再施捨陽光，他便無處仰望，無力展開花瓣，會死的是他。

＊＊＊

五月十八日　晴

第一次看海是母親帶我去的。

那時的天氣很熱，跟現在一樣，風拂過臉上留下餘溫，像被打巴掌。

「或是初吻。」母親佻皮地向我眨眼，她說初吻的感覺很熱很熱，整塊臉像要燒起來，她不停舔嘴唇試圖降溫掩飾窘況，若能承受這股熱力，之後的一切都會好的。

我問她之後的吻有沒有一樣熱，她說沒有，之後就沒有初次的沸騰了。

「第一次總是最好的。」

十多年前的記憶褪色如未過膠的照片，我記得她牽著我在海邊走了很久，走到我的腿也瘦了，海風吹到我的頭痛，肚子叫了起來我嚷著要吃雪糕，她買了一杯甜筒和我分著吃，我從未看過母親笑得那麼甜那麼享受，印象中她從不在家吃甜食。她把最後一口留給我，不知為什麼吃下去明明應該是甜的威化卻帶點鹹，母親說是海風夾雜著海水的鹽，我隱約看到母親眼角的淚珠。

母親的手很小，軟軟的像嬰孩，她握著我的時候很緊，像是用盡了力氣生怕我走失。那時候的我已經會游泳了，她在岸邊盯著我在淺水處玩水，每隔幾分鐘便走過來查看我的狀況，有沒有嗆到，有沒有受傷。雖然緊張，但母親還是讓我套上救生圈游到遠處的浮台，她說游遠一點風景會不一樣，海裡到處新奇。本來父親不讓我去學游泳，他說女孩子不用懂那麼多，溺水的話讓男生去救就好。母親堅持帶我去游泳班，教練說我的水性好，上了幾堂已經可以不用浮圈游到深水池，母親很高興。後來帶青青上課，她學了幾個月下水的時候還是怕，母親不逼她，叫我之後再教她就好了。

和母親獨自相處的片段寥寥可數，我最珍貴的便是母親第一次帶我去海灘，我們吃雪糕，撿拾特別的貝殼，跑往潮水退去之處把腳印深深埋在沙裡。那天的夕陽橘的一片混著靛紫，灑在海上驟眼一看像是水族館的顏色，母親背著累透的我，回家的路上哼著歌。這是我僅有感受到母親快樂的時刻。

從此我愛上了看海，再糟糕的日子只要去去海邊聽著海浪，好像也能撐起皮囊繼續活下去。

上星期出院之後我一直提不起勁來，昏昏沉沉地上班下班回家，醫生說安眠藥吃太多身體會產生抗藥性，住院的日子我把藥當成維他命，早晚都吃，想吃就吃，趁著護士不在偷偷把藏起來的藥咕嚕咕嚕一口吞掉，還是睡不著。睡得最長的那次有一個半小時，算是不錯了，開了一套電影看了首五分鐘便久違地昏睡過去，醒來的時候連謝幕工作人員的名單也播完了，我懷疑自己根本沒有點開那套聲稱劇情緊湊，全由大咖演員演出的外國電影，那麼精彩，我卻連一句對白也記不住。出院前醫生替我做了一次評估，看看我的精神狀況穩不穩定，還有沒有自毀傾向，原來藥力會累積，我整個人像踩在水面上般輕浮，看見平靜風浪行在水上的耶穌伸出手，我糊裡糊塗地回答了幾個問題，醫生說我情況穩定可以出院，一出院我的恐慌症又發作，摀著胸口拚命呼吸，愈急就愈辛苦，最後又到了急症室打鎮定劑。我想，我像彼得，欠缺信心的彼得總是質疑上帝，本來好好地走在水面上，卻還是因自己的軟弱而差點被巨浪吞噬，彼得有耶穌，我還在等。

林和芯很擔心，一天到晚傳訊息打電話給我，生怕我又暈倒不醒人事。上次沒帶藥在街上發病，臉變紫唇變蒼白，手腳抽搐全身軟掉，芯被嚇得不輕，住院的時候她幾乎天天來探我，每次都說好怕當時我就這樣失去了呼吸。我說她明明是個醫生卻還是那麼膽小，生離死別有什麼好怕，她說我跟她照顧的病人不同，我們那麼親那麼近，她想像不到我就這樣死去。林在旁聽著我們的對話，忽然別過身擤鼻涕，芯問他爲什麼哭，他說他也很怕。

我感到抱歉，雖然我從來沒有跟他們兩個親口說過，但我確實對不起他們。他們那麼努力照顧我，哄我笑，帶我去玩去看看世界美好的一面，但我還是那麼軟弱，他們只想我好好活著，我卻一次又一次令他們失望。

我還是鼓不起勇氣跟青青說那件事，連這次住院也沒有告訴她，在她那個年紀理應盡情享受大學生活。她最近跟我提過想休學一年去工作假期，我沒有反對，但她一想到父親的反應就卻步，她需要我站在她一方，我說好，等我情況好一點就會回家跟他們吃頓飯。上一次回家那個人也來了，之後我的病情便一直轉差，我以為快要痊癒的缺口強行被撐開，比一開始還要痛。

＊＊＊

弘彎身盯著焗爐，像期待著魔術師變出戲法一樣目不轉睛，叮的一聲，他不禁大叫：「成功了！」試了足足十磅麵粉，花了一個月的時間不斷改良食譜調整分量，無數次的失敗差點令弘衝動地換一個新焗爐。終於，他的抹茶流心火焰蛋糕成功了。表層沒有凹陷，內層餡料熟得剛剛好，放上抹茶粉和香草雪糕後蛋糕的味道仍然突出，弘小心翼翼地切開蛋糕，細心檢視蛋糕如檢查新買的車子，舀上特製的抹茶醬，青青正好來到。

「快來嚐一口！」弘呈上熱騰騰的得意作品，青青吃了一口露出滿足的表情，又吃了幾口，雪糕融化在口腔溢出抹茶的獨特香甜，微焦的蛋糕略帶苦澀，甜苦交雜，有種無法言喻的層次，不像是一般甜品只有膩人的甜。

看到青青一口接一口，弘一直懸著的心才安穩下來，這幾天青青愁眉不展，問她事情總是過了幾秒才反應過來，昨天有一位客人問有什麼推介的飲品，不知道在想什麼想得太入神的她竟然回答香草雪糕，客人疑惑店裡竟然有賣雪糕，幸好弘在旁邊碰見事發過程，及時打圓場。心事重重，弘旁敲側擊了好幾遍青青也沒有直說，他猜想應該是關於蓁蓁的事。青青的背包裡總放著蓁蓁的日記，前陣子一有時間便拿出來如讀偵探小說般金睛火眼地讀，前掀後揭找線索，有時候更會問弘的看法，若果是蓁蓁，他的心情會是怎樣，他下一步會找誰。弘多數都會和青青分析，但畢竟跟蓁蓁素未謀面，他不想錯誤解讀日記主人的心思意念，而且經歷過父親的事之後，弘看生死似乎輕了一點，對於逝者的揣測或自殺原因的過分剝解都不是必要的。

「但她是我的姐姐啊。」青青說，弘明白她的執著，親人驟然離世，留下來的人充滿困惑，要馬上雲淡風輕地放下是不可能的。父親離開時弘還小，哭過痛過後也只能堅強起來繼續生活，作爲家中唯一的男生，他要肩負起照顧母親的責任。青青不同，那麼多年來蓁蓁·直是她的心靈依靠，一同面對家中的矛盾，抵抗父親的專橫，碰上什麼人生分岔路的抉擇青青定必第一時間找蓁蓁，失戀休學實現夢想各種大小事，青青都希望蓁蓁從旁見證。

這幾天青青神不守舍，日記放在背包中沒有和往常一樣時常捧著，一直鑽研新甜品的弘便加快進度，把原本打算作爲青青生日驚喜的抹茶流心火焰蛋糕提早面世，希望讓青青感受到一點甜。

「謝謝你。」青青舔一舔凝在唇邊的抹茶醬，這個甜品確實是及時良藥，讓她緊繃的心情稍稍鬆弛，有氣力面對接下來的一整天。自從讀到蓁蓁出院後的那篇日記，青青像是發現了一個無底洞，越是往下深鑽越是被黑暗壓迫拉扯。她以爲自己很了解蓁蓁，但原來蓁蓁沒說出來的比無底潭還要深還要多，青青越想看清楚越感到無力，她忽然對蓁蓁很陌生，對於二人的關係很陌生。她不知道蓁蓁第一次看海是什麼時候，不知道她對於母親的情緒如此敏銳，不知道她失眠得那麼嚴重那麼依賴安眠藥，不知道她恐慌症發作差點死在街頭，不知道她何時入院住了多長時間出院後仍然被情緒病折磨。一直以來，蓁蓁吞下淚水，藏起傷痕，戴上好姐姐的面具，她希望青青不受自己影響而憂心忡忡，而後知後覺的青青的確享受了一段無憂無慮，被姐姐保護如溫室雛鳥的時光。可是溫室碎裂，雛鳥終究要學會飛翔，一時間頓覺溫室內四季如一的溫暖原來一直是人工維持的青青難以接受，原來一切的美好都是蓁蓁努力堆砌的，是她不知道吞下多少顆安眠藥才換來短暫的精力陪自己上街逛逛，到咖啡店吃蛋糕，回家吃一頓晚飯，一切都是因爲蓁蓁竭力維繫溫室的正常運作好讓青青安定生活，免受眞實世界侵擾。

青青生氣，生自己的氣。她想起蓁蓁去世前的幾個月忽然獨個兒跑到外地學潛水，當時的她以爲蓁蓁貪玩想放假，沒有多問原因，或許那時自殺的種子已在蓁蓁心中扎根，完成潛水的心願後，種子急速發芽增長，結果的時候已無法阻止。爲什麼當時沒有跟著一起去？爲什麼沒有問問她在外地經歷了些什麼，海底世界有沒有如她想像中般美好還是渾濁不堪？青青又想起去年林求婚之後，蓁蓁雖然高興卻也沒有著手積極地籌備婚禮，預訂場地試穿婚紗全都是青青幫蓁蓁安排的，當時蓁蓁只說自己對這些事一竅不通，交由當過朋友伴娘的青青負責最好不過。爲什麼當時沒有察覺到蓁蓁笑容下的愁悶？爲什麼沒有關心她，反而埋怨她對自己的婚禮毫不著緊？

「原來問題源於麵粉的種類，我一直用高筋麵粉，昨晚入睡前突然靈機一觸，應該用低筋麵粉才對！」弘滔滔不絕地分享自己鑽研新甜品的艱辛過程，青青沒有答話，托著腮，眼神黯淡。

「你還好嗎？」弘問，按摩青青緊皺的眉頭：「再這麼用力皺眉頭額頭會長出三條紋呢。」

「是嗎？」青青沒有察覺自己正皺著眉頭，太多疑惑令她長期處於如用力拉緊橡皮的狀態，她不敢輕易放手，回彈的傷害更加大：「最近好像眞的多了皺紋。」

弘站在青青身後，替她按摩肩頸，放鬆一下，還有一個小時才開店，他珍惜難得清靜的二人世界。

「你有沒有想過，其實蓁蓁不想日記被任何人發現？」

「日記本來就不應該有其他讀者，那麼私密，那麼貼身。」青青說，想到蓁蓁的字體總是曲整得如層層疊逐層建構出她的內心世界，一點也不紊亂，見字如見人，青青本以爲蓁蓁的生活循規蹈矩毫無波瀾，但原來字體根本不能看出任何事情，沒有單一東西能指認人的特徵本性，沒有人能籠統概括他人的苦楚哀痛：「但她剩下的就只有這幾本日記了，我只能透過僅有的文字感受到她，我想知道她的日子過得怎樣，我想知道壓倒她的是什麼。」

小時候青青偷看蓁蓁的日記被發現，於是蓁蓁把日記本藏在不同地方，枕頭下衣櫃裡頭書包中，但不管她把日記藏在哪裡，青青總是有辦法趁著蓁蓁不在時找到日記躲在洗手間偷看。後來日記的記錄越來越稀疏，姊妹倆升大學出社會，待在家中的時間越來越少，青青沒有想過再次讀到蓁蓁的日記時，她已經不在了，再沒有人會把日記藏起來。青青懷念蓁蓁的字跡句法語氣停頓標點符號的錯置，她懷念得知蓁蓁暗戀班上的某位男同學，謀算著如何跟他表白時在日記中列下告白方案，她彷彿從旁見證著懵懂愛情的發生，她懷念姐姐在日記中寫下跟父親吵架後的不滿，夾雜著髒話和密謀惡作劇作弄他的細節，眞實又可愛。青青渴望跟姐姐貼近一些，再貼近一點，像所有妹妹對姐姐的仰慕，蓁蓁是她生命中第一個朋友，第一位楷模，唯一的姊妹，她希望與她有著無可割捨的連結。

她懷念蓁蓁的一切，可是她也永永遠遠失去她了。

8.

回到家時青青以爲自己走錯門了，網購的紙箱堵在大門前，洗好的衣服堆成一坨擱在沙發上，餐桌上放著攤開了的快餐店外賣紙袋，母親躺在按摩椅上看韓劇。要知道，客廳的電視一向是父親的專屬領域，長期播著新聞和各種政論節目，小時候姊妹倆每天只有十五分鐘看電視的時間，每次還未看到卡通片的主角出場，父親便已奪回遙控器的主導權。

「你回來了！」母親看見青青，馬上站起來，給了她一個擁抱：「今晚我們出去吃好嗎？」

「出去吃？可以嗎？」父親一向不喜歡出外用餐，總是多番挑剔餐廳的質素，若餐廳門外大排長龍，他等不夠五分鐘便會嚷著要離開，吃完又會抱怨味精太多弄得他口乾舌燥，大多時間都是由母親預備一日三餐。

「就我們兩個，你想吃什麼？」青青察覺到母親的不同，平日她說話顧左右言而他的，沒有主張沒有喜好，眼神閃縮總是欲言又止。今天的她臉上掛著輕鬆的神情，一見到青青便開懷地笑，沒有顧忌，青青這才發覺母親笑的時候雙眼的臥蠶會鼓起來，眼角泛起絲絲細紋，青青看過一篇文章說到假裝的笑容是不會連動著眼部肌肉，由心發出的笑容才會笑得眼睛也彎起來。

「我沒所謂，你決定吧。」

母親打開手機搜索新開的餐廳，一邊關心青青的近況。自從青青搬走後，母女的關係比從前更加親近，母親幾乎每天都會致電給青青聊聊生活瑣碎事。母親最近熱心投入社區服務，全職義工的生活充實，早幾天幫忙籌備了一個兩天一夜的靜修營，完成活動後難得清閑，馬上相約青青見面。青青樂於看見母親的轉變，失去蓁蓁之後母親消瘦了不少，本來乾癟的臉頰更顯嶙峋，眼窩凹陷像條缺水的金魚，儘管她努力維持家庭的運作，打掃煮飯應對父親的嘴臉，但她的臉上總是印著淺淺的淚痕。好幾次，母親在夜裡走進女兒的房間，睡在蓁蓁的床上，青青聽見她啜泣的聲音，起了身躺在她的身旁。母親自責，後悔自己花了太多時間討好女兒的父親，小心翼翼地生活，生怕他不滿意，生怕自己墮進原生家庭的循環，結果忽略了蓁蓁，原來一直活得壓抑的不只是她，她還在籌算著逃離魚缸，蓁蓁早就因氧氣不足奄奄一息。看著曾屬於自己一部分的骨肉化作飛灰又怎能輕易釋懷，哭過後不一定會好，但至少青青和她還有彼此，分享著相同的傷口，撿拾拼湊遍地的心碎，抱著彼此互相依靠慰藉，靜待日出晨光。

青青知道父母的關係猶如空中鋼線，沿著鋼線來回走動，循環的路線走了二十多年誰也不敢輕舉妄動，父親領頭，母親緊貼，少許的轉變已足以讓鋼線晃動，誰也怕跌得粉身碎骨。但最近情況發生變化，母親在電話中跟青青提到了她跟父親攤牌了，她不想再忍氣吞聲地活著，她想隨心所欲地做自己想做的事，做義工，和朋友見面，學游泳跳舞練瑜珈，堅定地站在女兒的一方，他不能再任意掌控她。青青支持母親，只要母親快樂就好，青青只想母親自在地活著，活著。

「今天早上我吃了一份大薯條，上一次吃薯條已經是和你去看蓁蓁畢業典禮的時候，雖然現在喉嚨有點痛，不過還是值得的。」母親收拾桌上的包裝，把剩下一半的汽水遞給青青。

「有那麼久嗎。」青青喝了一口，記得小時候蓁蓁會拉著她到快餐店一連吃上好幾天，只爲了收集一系列的套餐紀念品。蓁蓁愛吃薯條卻不喜歡沾茄汁，每次都要點一杯甜筒沾著吃，甜甜鹹鹹，青青跟著吃，漸漸也習慣吃薯條配上雪糕。

「弘今晚來嗎？」母親問，青青帶弘跟母親見個幾次面，母親也去過奶茶店看看二人的工作環境。如今店舖的生意上了軌道，弘有意拓展業務，不單只賣飲品，還想加入各式的甜品和糕餅，母親嚐過弘炮製的蛋糕，讚口不絕，十分支持他的想法，認爲趁著年輕應該勇敢嘗試。

「他在店裡研究新食譜，上次的草莓焦糖奶凍成功了，他想試一下新口味。」

「那我們吃完買份外賣給他吧。」母親喜歡弘，認爲這個男生有目標不怕艱苦，最重要的是凡事以青青爲先，顧念她的感受，在青青處於低谷的時候不離不棄，這段時間青青過得不容易，幸好有弘在她身邊照顧她。

想去的餐廳還未開門，二人在沙發上看電視，打發時間。大門猛地打開，父親進來，身後的是二叔。父親看見青青，有點意外，青青從他的臉上看到一絲喜悅閃過：「回來了。」

「只是回來跟媽吃飯。」

父親跟母親點頭，這是他們現在打招呼的方式，母親說：「今晚我們出去吃，冰箱有菜。」

父親嗯了一聲，徑自走到房間，二叔沒有跟著進去。父親有兩個弟弟，一個中學畢業之後到了外國讀書，聽說當時父親剛大學畢業，二話不說擔起了弟弟的高昂學費。幸好弟弟懂事，在外國努力拼搏，發展得不錯，為了感激大哥供書教學，不但很快便還清了學費，每年過節也會寄送山珍海錯向父親拜年問好。眼前的二叔是家中的老么，跟父親相差了十多年，公公老來得子，把他捧在手心疼愛得很。公公去世後，作為大哥的父親兄兼父職，可說是一手一腳養大二弟。縱使是么兒，二叔卻沒有恃寵生嬌，自少乖巧懂事，大學時期主修了兩個學位，畢業後在幾間大企業打滾了數年考取了核數師的資格，之後進了父親的公司幫忙管理帳目。

父親很以這個弟弟為傲，經常叫蓁蓁和青青向二叔學習，那麼年輕那麼有為，令整個家族都叨光。每次父親在姊妹倆面前稱讚二叔，青青便放空發呆，沒有把話聽進耳，蓁蓁面露不屑，好幾次按捺不住，頂撞父親說道：「書讀得比較多，賺錢比較多不一定比較厲害。」

青青會用手肘碰撞蓁蓁，隨便父親吹捧二叔，反正是他的人生，與她們無關。

印象中二叔在她們小時候曾住在家中幾個月，考核數師要全神貫注，父親叫二叔到家中暫住，母親順便照顧他的作息三餐，好讓他專心溫習備試。青青對他並沒有太大感覺，雖然年紀上二叔更像她們的大哥哥，但二叔話不多，總是抿著嘴，一副心事重重的樣子，別人跟他說話時才漠然迎上視線，一句起兩句止，很難親近。有一次父母在外地工作，拜託了二叔接姊妹倆放學，他帶她們到公園，抱著手直直地瞪著孩子們東跑西跑，旁邊的家長通常也會陪陪小孩，不然三五成群聊天玩手機，二叔卻一直站著，不笑不語，在盤算什麼似的，一直到天黑姊妹倆玩夠了，主動說要回家他才動身離開。

數年不見，二叔變化不大，一身素黑，手腕戴著一款樣式低調卻價值不非的名牌手錶，頭髮用髮蠟膠著整齊亮著啞光，渾身散發著一股古龍水味道，在商場經過精品店會傳出的那種，濃烈卻單調，嗅不出甚麼成分，不同於草本或水果的清香，就只是刺鼻的人造香精。

低俗。蓁蓁曾說過，在一次家庭聚會中，二叔坐在她的旁邊，她只好不停往另一邊靠，整頓飯也吃不到什麼味道，她一向不喜歡二叔噴過多的香水像是掩飾著什麼。他一定是把整支古龍水倒在身上，蓁蓁在青青耳邊說。青青摀嘴竊笑，點頭同意，姊妹倆不太願意跟他獨自相處。

「很久不見。」青青寒暄，始終是長輩。

二叔走近沙發，古龍水的味道嗆鼻：「我有來蓁蓁的告別禮。」

來告別禮的人不多，蓁蓁去世突然，白頭人送黑頭人，父親不欲鋪張，小小的禮堂來的都是蓁蓁的摯親好友，兩個小時的告別禮衆人惋惜慨嘆，那麼善良溫柔的靈魂，到底遭受了多大多久的折磨才主動求死。青青負責接待，沒有留意二叔到場，可能那天精神恍惚，又或者二叔在儀式進行中才姍姍進場。

「太可惜了。」二叔說，青青初次跟他這樣貼近地對話，在失去了蓁蓁之後：「你還好嗎？」

青青苦笑，怎會好呢，才過了幾個月，一切恍如昨天，青青不時夢見那一夜收到林的電話，他說蓁蓁走了，她不明白，什麼意思？走了是什麼意思？林說蓁蓁死了。青青不相信，趕往醫院的路程不停問林是甚麼時候的事，確認是沒有心跳了嗎，愚人節剛過不要開玩笑。

太可惜了。二叔的話迴盪在耳邊，青青感到不快，他憑什麼爲蓁蓁的人生下註腳。可惜，他感到可惜嗎？他跟蓁蓁一點也不親近，蓁蓁甚至對他流露出不知名的厭惡，他憑什麼故作不捨，假裝婉惜。

「我訂了位，走吧。」母親適時打破沉默，示意青青出門。

青青走過二叔，古龍水的味道如發霉芝士，她幾乎吐出來。

＊＊＊

樓梯上長滿了青苔，青青和芯扶著欄杆如進行繩索任務般小心前行，大雨過後整座城市瀰漫著濕氣，連呼吸都變得吃力。

「上次來的時候也沒有發現長了那麼多青苔。」青青說，走每一步都特別留神，一不小心從奪命斜滾下去隨時性命垂危。

「之前都有，在間隙中，雨水太多它們蔓延得很快。」是蓁蓁告訴芯的，本來青苔一小塊匿藏在梯級與梯級之間，這幾年城市多雨，晦暗潮濕的天氣滋養了苔蘚，再來的時候整條樓梯都被一片綠的覆蓋。

昨天青青收到芯的電話，說蓁蓁之前住院的東西還未取回，希望她來醫院一趟，之後可以一起吃飯。來到醫院跟主診醫生碰面後，青青才知道蓁蓁住院不單止是因爲情緒問題，醫生診斷出她有厭食症，營養不良血糖過低，住院期間需要每天注射營養液和蛋白補充品，好讓身體回復正常運作。蓁蓁離世之前體重不斷下降，鎖骨凸起如機器的接駁位，走在路上像行走的骷髏頭，臉色蒼白，她說空氣不流通，太侷促。青青以爲她只是工作壓力大，加上婚期將近，大概是用了不健康的方法極速減肥，她怎會想到蓁蓁患上了厭食症。明明蓁蓁那麼嗜甜，總是雀躍地介紹青青不同的甜品店，那個把薯條配雪糕帶進青青生命，周末愛到新餐廳嚐鮮，聚餐時搶著要點菜，毫不介意打包剩菜回家再吃的蓁蓁，竟然在生命的終章患上了厭食症。到底她承受了多少才甘願停止進食，拒絕新的養分流進她體內？

爬過濕漉陡峭的梯級，二人終於到達了公園，自從蓁蓁發現了這個地方後，三人不時相約在晚飯後散步到這個祕密基地，同住一個屋苑，生活圈子相近，芯猶如青青的第二個姐姐，見證著姊妹倆的成長歷程，有時比蓁蓁更嚴厲地管教青青，源源不絕分享自己的意見，青青嫌她嘮叨，向蓁蓁抱怨，但她們也知道眞心好友難得，芯是發自內心待她們如家人。青青和芯的性格相似，橫衝直撞，有話直說，蓁蓁是她們的調和劑，縱然未至於溫馴得沒有脾氣，但在矛盾衝突爆發時，蓁蓁總會擋在中間充當和事佬。

之前在沙灘碰見芯和林，青青二話不說便認爲二人曖昧，現在想起實在衝動。林和蓁蓁本來便跟芯是密友，三人在大學參加同一個學會時認識，芯見證著林和蓁蓁的相愛過程，本來期待著二人開花結果，誰知噩耗來臨，林一下子失去愛人，芯失去摯友，除了互相安慰，分擔傷痛，他們也無能爲力。

痛苦難以言喻，像是在夢中從高處墮落驚醒過來，心悸冒汗，醒來之後被離心力緊緊包圍。

「蓁蓁拜託我不要跟你說住院的事，怕你擔心。」

「她還有太多事沒有告訴我。」

「知道了一切也不會更加好過。」芯搭著青青的肩：「不是安慰話。」

「告訴我到底發生什麼事。」

芯嘆氣，剩下的人的生活從此圍繞著離開的人，她知道青青這幾個月過得忐忑，四處尋找蓁蓁遺下的線索。雖然日記的內容提供了拼圖的大概，但總是不完整，東缺一塊西缺一塊，難以得知蓁蓁最後到底爲何走上絕路。

「你知道嗎，蓁蓁第一次相約我到這裡，我找了一個多小時也找不到位置，我罵她爲何要到這麼隱蔽的地方，害我找了半天還差點迷路。」芯看著眼前的景象，冬去春來，松樹長高難以察覺，但芯確是覺得樹幹粗壯了，樹枝伸延分叉，葉子比數年前多了幾倍：「她就是喜歡把事情藏得很深很深。」

蓁蓁不是那種會輕易坦露心聲的人，性格使然，熟悉她的人會從言行舉止大概看出她對事情的喜惡，行爲不騙人，只是她也從來不會明說。青青看著微風抖落豎在枝梢末端的樹葉，風那麼輕那麼溫柔，葉子從此不再屬於母幹，強行被牽走，降落滿地塵埃。

「我記得那夜很熱，地上吸收了正午陽光反射熱力悶得像蒸爐，蓁蓁坐在長椅上穿著大衣，紅色絨毛，我到達的時候滿頭大汗，責怪她那麼晚還約我到這麼偏僻的角落，她沒有說話，雙目無神，受了驚嚇一樣，夾雜著畏懼，整個人不停顫抖。我靠近才發現她的衣領濕透了，臉上掛著淚和汗水，像剛從水裡走出來一樣。她說她剛才在家裡突然不能呼吸，很害怕，像是被人強行把頭按進水中，她想掙扎，張開口卻不能發出任何聲音，快要窒息，她感覺到氣管猛烈擴張收縮，卻感覺不到自己的腦袋，心跳。」芯憶起那夜蓁蓁瑟縮顫抖，身旁的自己不知如何是好，頭袋一片空白，她從未看過蓁蓁哭得那麼無力，像是把身體內的所有眼淚也流了一遍：「那次是她第一次恐慌症發作，那時的我對情緒病一竅不通，在她身旁束手無策，很無用。後來回想才知道當時應該抱著她陪她流淚，而不是拚命追問她到底發生了什麼事。」

青青第一次聽見蓁蓁發病的情況，她從沒有看過蓁蓁病發，蓁蓁也絲毫不提自己經歷情緒病的煎熬。在日常的相處中，蓁蓁總是充當照顧者的角色，給予青青意見，偶爾會抱怨工作和人際關係的煩惱，但最後也會笑著跟青青說不用擔心，小事一則。當時青青發現蓁蓁有抑鬱症是因爲青青不小心看到了藥，主動詢問蓁蓁後她才輕描淡寫說最近工作壓力大，情緒有點低落而已，青青繼續問，蓁蓁奉上同樣的答案，她說過一陣子就會沒事，都市人誰沒有情緒病。青青後悔，怎麼沒有看出當時蓁蓁只是敷衍應對，自己竟輕易相信了她口中的原因。蓁蓁的情緒出現問題不是前陣子的事，早在中學時期她已經發病了，可是身爲妹妹的自己卻被她努力堆砌的笑容所欺騙，現在窮追猛打又有什麼用，拼圖的主人已經不在了，蓁蓁腦海中的圖畫到底是怎樣又有誰知道。

「她有告訴你觸發點是什麼嗎？」

芯神色忽然暗淡，不確定應否呈上拼圖缺少的一塊。身爲醫生，保障病人私隱，絕不披露敏感資訊是芯時刻恪守的準則，但蓁蓁不只是她的病人，青青也不是，把事情說出來會否減輕青青的痛苦，蓁蓁會否原諒她不再守口如瓶？畢竟，她也把祕密揣在懷裡那麼多年了，蓁蓁沒有釋懷，她也沒有，只是她到最後也阻止不到蓁蓁。若果揭開紗幕，青青會否更容易直視光線，更能貼近灼燒蓁蓁的火焰，至少不必繼續在洞中徘徊，摸黑前行。

「你看過日記了嗎？」

青青點頭，她已經讀到日記的一半了，時序有點散亂，字裡行間能看出蓁蓁的心情起伏，雖然蓁蓁的生活不如青青以爲般順遂，但青青還是找不到壓在蓁蓁心頭最重的那一顆石頭，把她拖進深淵的那枚鉛。

芯從剛才在醫院取回的袋子中抽出一本藍白相間本子，是蓁蓁病發後最初的日記，她把本子交給青青：「你看完這本就會明白了。」

＊＊＊

八月二十六日

洗了第五次澡後皮膚裂出乾紋，十隻脂腹鼓起小小的白色繭膜，碰水太久表皮首先起變化，我想像如蛇一樣脫皮換殼，醒來時就是全新的自己。

在他插入之後我再也不是舊我。

每閉上眼睛我就看見他壓在我身上，像覬覦已久的鬣狗撲向母獅，舔著我每吋肌膚，從眉間到耳垂，肩膊至肚臍，腿間到腳踝，用他粗糙的指頭扒開我的陰瓣，我大叫，他摀著我的嘴巴，告訴我不用怕，痛會過的。當他的汗液滴在我的身上，我只想把整塊皮膚撕掉，皮膚是人體中最大的器官，失去最大的東西不可怕，失去甚麼也不可怕了。

古龍水混雜他的體味讓我反胃，他一出來我就吐，不停地吐，他說我反應過大，滿地穢物快點清理，爸回來看到會斥責，我只感到天旋地轉，撕裂的痛讓我躺在床上無力動彈，像中槍　樣血流淌。我不敢揭開被子，我感覺不到我的腿，我的下腹，我的身體。暑假快要結束，我約了芯和青青明天去海邊游泳，可是我洗了澡之後還是覺得自己很髒很多血，走路很痛，胸口很悶好像有人一捶打在胸前，骨頭碎裂，瘀血積聚，呼吸困難。我試著平躺甚麼都不要想，可是我一閉上眼睛就看到他，古龍水的味道縈繞四周，我打開窗，調高空調開了風扇，他的氣味卻停留，無處不在竄進我的每個毛孔，我想把鼻子割下來。

明天不能去游泳，我哭了起來。

晚飯的時候我說肚痛不舒服，媽給了我止痛藥，他看著我把藥吞下，一副掌控大局的樣子，我把門緊緊關上，聽著他若無其事地跟爸媽聊天，我想著要衝出去告訴爸媽。他們忽然笑了起來，我想要聽他們在說什麼卻聽不清楚，窸窸窣窣，爸稱讚他備試認真，前途一片光明，我在找合適的時間點，直到電視的聲音響起，他一本正經說起自己對時局的看法，爸叫他有空幫我和青青補習，我忽然全身乏力，喉嚨像是被人用力捏緊，太累太痛了，明天再說。

斷斷續續地做夢，青青在午夜回來，她參加了學校的遊學團，才一個星期沒見面看見她我居然有種隔世重逢的感覺，她摸我額頭以爲我發燒，我說我發惡夢，醒來的時候全身冒汗，她從行李箱拿出一件新上衣，是送我的手信，正面印著一個天使的圖案，後面是魔鬼，難以辨讀的文字像禱文，她說是從某個博物館買的，我坐在床邊聽她敍述遊學旅程，心裡還在想著剛才的夢。

夢裡他走進我們的房間，青青在睡覺，白色內衣下的發育軀體若隱若現，他跨坐在她上面雙手按著她的手腕，青青沒有反應，我拚命叫她，她像是被注射了麻醉藥準備推進手術室般沉睡，我看著他脫下褲子以勝利者的姿態進入她，我叫她反抗，她還是沒有醒過來，完事後他回頭看我，我失聲痛哭，他拉上褲子若無其事走向我，俯身跟我解釋錯誤的數學公式。醒來後我滿臉淚水，看見完好的青青鬆了一口氣，幸好是夢，幸好不是她，幸好剛才她不在，幸好是我。

青青正在洗澡，我躲在被窩寫字，持續的痛提醒我夢境已過去，只是，不管在夢中或現實，我也將不斷重覆經歷今天的一切。

＊＊＊

十月五日

社工是一個長得很像的電視劇中扮演女主角身邊好友，塗著鮮豔紅唇，穿著緊身長裙，高跟鞋叩叩作響的那種人。這幾天上學如行屍走肉，失眠太久的後遺症是日夜顛倒，午飯時間我到飯堂問派飯的姨姨有沒有晚飯套餐，她一臉疼惜叫我不要熬夜讀書，身體要緊。老師察覺到我的異常，上課的時候經常叫我答問題，免得我伏在桌上不省人事，我明明知道答案，回答的時候卻忽然口乾舌燥，患重感冒的那種，說話變得左搖右擺，讓人找不到重點。我喝很多水，強逼症似的看著水瓶上的水位度日，一下降就添水，喝水過量每隔二十分鐘便要上廁所，看到尿液變得透明我才稍微放鬆，好像短暫回復潔淨，重啟的狀態。

芯陪我去找社工，駐校社工比預期中難約，芯每逢小息便跑到社工室問何時輪到我，她比我還急，不停在走廊徘徊踱步，我說約不到也不要緊，她罵我對自己如此刻薄，吃不下睡不好還硬撐，我只是很累，從那天開始就一直地感到莫名的疲累，背上蓋著濕毛氈一樣步履沉重，對什麼事情也提不起勁來。應該是抑鬱症，社工告訴我，她說話的時候唇膏沾到牙齒上，我察覺到她的牙齒很白，全新，沒有用過的白。她問我發生什麼事，我像忽然變成一歲嬰孩般不會說話，吞吐斷續，極力在腦海中找適合的語句表達，說到他的時候彷彿嗅到那股古龍水的味道，我強忍吐意，指甲快要陷進掌心卻不覺疼痛。

她一邊聽一邊點頭，很多時候我必須停下來重整呼吸抹去淚水，她沒有催促，呼吸的聲音很輕怕擾亂我的思緒，靜靜地聽完我的故事。我想你知道這不是你的錯，她說，聲音像播在收音機中的廣播，在我耳中不停放大，清楚得讓我耳鳴，容我說一句，那些不能控制自己的慾望，肆意侵犯，占有，破壞別人的人，簡直禽獸不如。理應在任何時候保持中立理智的她如此篤定，如此憤怒，我猜想我的故事或許勾起了她憶想其他個案，甚至，她自己的故事。你可以報警處理，不過你要有心理準備在衆人面前挖開傷口，讓人審視，論斷，譏笑，無視。她擁著我，我倆的哭聲多麼相像。這是一道漫長且不保證會成功的路。

本來在腦海中預演了幾十遍的開場白在打開門的一刻瞬間消失。他來了，在我的房間裡，青青捧著課本在書桌前溫習，他彎身貼近她的耳朵，左手欲觸摸她穿著校服的背，我幾乎是用盡所有氣力大叫，他們回頭看我，我說看到蟑螂從桌下爬過。我看著他，他也看著我，他活像被拆穿眞面目的扒手，眼神閃縮，偸偸摸摸地走到廚房斟水東張西望。我跑進房間問青青他爲什麼突然來了，有沒有對她做了什麼，她取下藍牙耳機，一臉困惑，我頓時鬆了一口氣。爸爲了慶祝他考試成功特意買了他最喜歡的白切雞拼盤，他啃著骨的樣子尤其齷齪，我吃得很快，和他共坐一桌我根本毫無食欲，每嚥一口就想起他伸出舌頭在我的身體上游走，我就像他的獵物，或食物，他只管狼吞虎嚥，消化與否他並不介意。

整晚我都躲在房間假裝溫習，本來他的話不多，自從那次之後我覺得他變得主動，經常在爸面前提出許多過分理想，在我眼中只爲了炫耀自己的學識本事的道理。爸說了幾次要他跟我們補習，我堅決不要，青青最近參加了很多課外活動，沒有時間，幸好不成事。剛才的事讓我心有餘悸，若我晚了回家，夢境的一切就會變成眞，我不敢想像，爲什麼他不願停手，破壞了我還不夠嗎？社工說得沒錯，他連禽獸也不如。我要保護青青，不能讓他們有半秒獨處的機會。

9.

調整好裝備，束好救生衣，青青跟著教練跳進水裡。水溫比想像中冷，青青緊緊跟隨教練的路線，保持穩定呼吸，要下沉便要先呼氣，一開始眼睛不太適應水底的光線，青青不敢瞇眼，怕會迷失方向。

若果蓁蓁在就好了。

青青比蓁蓁勇敢愛嘗試，之前去旅行青青嚷著要玩高空繩索，瀑布激流，跳降落傘這些冒險活動，蓁蓁光聽便搖頭揮手，說可以陪青青去，不過自己一定不會參加，只會在旁邊拍照，顧行李。青青軟硬兼施，最後拉著一臉像要赴死的蓁蓁參加，玩完之後二人都直呼刺激，值得一玩。

「一生人一次，當然什麼都要試。幸好我硬要拉著你去，不然你就錯過了那麼好玩的體驗。」青青一臉囂張，蓁蓁試過高空繩索之後膽子大了，直接報名下一項活動。

「一生人只有一次，不一定什麼都要試。」蓁蓁拿出相機，爲穿上深綠色迷彩服裝，準備進入森林探險的二人拍照留念：「不過，好玩的事情還是要試一下。」

教練比出手勢，指示學員可在這個範圍自由探索，雖然已經不是第一次下潛了，但在水底的恐懼感始終比在陸上的大，蓁蓁的水性比青青好，小時候看著蓁蓁在水中敏捷游動，青青卻怎樣也跟不上姐姐的進度，上了幾堂游泳課後就放棄了。長大後蓁蓁要學潛水，拉著青青到游泳池練水，看著看著青青忽然會了，雖然還是不如蓁蓁在水中自在，但至少能在池中來回游個百米，算是不錯了。

「你長大了。」青青忽然學會游泳，蓁蓁不禁感嘆，從前青青怕水，連在水中閉氣也做不到，莫說不靠泳圈在池中暢泳。

長大是一瞬間的事，青青幸運，那個瞬間來得遲，蓁蓁卻早早迎來了她的頓悟。讀完日記後青青失眠了整整一個星期，提不起精神上班，一直回想那個時候她和蓁蓁的相處是如何，為何察覺不到蓁蓁的異樣。當時她剛升上高中，忙著參加各種課外聯校活動，少了時間跟蓁蓁談心聊天，加上蓁蓁要預備公開試，課業繁重，那時候二人的確沒有像從前親密。不過蓁蓁一有空便會陪著青青，到自修室圖書館，逛街去餐廳，趁著周末維繫感情，姊妹關係因此沒有生疏。現在想起，蓁蓁付出了她僅有的時間讓青青有所依靠，傷痕累累的她仍然傾出僅有的愛讓青青安然成長。

若時光倒退，她仍然寧願是她，青青知道，蓁蓁總是把一切藏得很深，深得讓自己再也浮不上來。水底那麼冷那麼混濁漆黑，青青很心痛，她恨他，也恨自己，為何沒有早點看穿他的眞面目，在蓁蓁表達對他的厭惡時爲何沒有追問緣由，爲何總是忙著處理自己的事情以爲蓁蓁甚麼事都能解決。

「傻妹，不要怪自己。」彷彿聽見蓁蓁的聲音，青青拚命忍住眼淚，一旦流淚便會令潛水鏡起霧，看不清前方，碰上礁石，對於新手來說很危險。

想到那麼多年來被迫和二叔相處，每逢聚餐便要強顏歡笑敷衍應對，蓁蓁定必天人交戰，無比煎熬，一方面未有充足勇氣把事情攤在日光之下，要顧及場合氣氛父親的反應，會否相信自己還是當作一派胡言，一方面看著他披上虛僞的皮囊，滿口妄言，甚至趁機把魔爪伸向妹妹，蓁蓁費了多大力氣才能壓抑積聚已久的情緒，青青難以身同感受。

過往的片段湊成了最後的拼圖，青青看見蓁蓁不斷下沉，陽光穿過水面在海底形成一道光柱，她伸出手抓緊，光線隨水流分散，浩瀚大海中她渺小如蜉蝣，絕望地沉落水深之處。

＊＊＊

「來，喝口水吧。」一弘一臉擔心，把水遞給面色蒼白的青青。青青搖頭，上岸至今弘已經買了五支水，不停囑咐她要多喝水，快點躺下來休息。剛才在水底耳朵忽然刺痛，教練馬上提早結束訓練，著她上岸進行平衡耳壓的動作，免得令耳朵受傷，引起後遺症。新手潛水學員經常會遇到耳壓不平衡的情況，只要及時停止下潛，進行平衡壓力的處理，問題通常不大，和青青一同上理論課的弘也清楚這點，只是看見青青提早上岸，面色暗淡唇上發白，還是忍不住過分擔心，生怕青青受傷。

「我好很多了，水太冷，上來的時候有點著涼而已。」青青反倒安慰弘，耳朵不痛了，在岸邊坐了一會兒頭反而有點重，弘把外套被在青青身上，海風吹過直打哆嗦，青青見狀，說：「我們回去吧。」

自從讀了蓁蓁剩下的日記後，青青把自己關在家中數星期，沒有心情上班，連吃飯洗澡也是逼不得已太餓太髒才從床上爬起來。弘又擔心又不知如何是好，青青跟他略略提到日記的內容，光是聽她的二手轉述，弘也感受到青青的震驚和憤怒，受害者的無助和痛苦，他不想故著理解地說著安慰的言辭，弘知道不管他說什麼，青青還是會陷入自責的漩渦，要花一點時間才能從一蹶不振的狀態好過來。一天青青忽然說要學潛水，她說蓁蓁生前獨自去了一趟潛水之旅，她也想去看看令姐姐著迷的海底世界。弘不會游泳，卻還是跟著青青報讀了理論課，她說要考取初階潛水員的資格，於是弘便陪她練習，在船上等她，雖然他偶然耳水不平衡，會暈船。

天黑得很快，青青挽著弘的手，每踏一步腳便陷入沙中，幸好弘在身旁，不然潛水後筋疲力竭，青青大概會索性躺在沙灘上，直至回復體力。海底世界比想像中新奇有趣，青青一向對海洋生物沒有研究，這次實地下潛後才發現海底的生態錯綜複雜，即使是海草也有不同的形態顏色，哪些魚兒有毒，哪種珊瑚有刺要小心，如何避免打擾動植物的棲息，潛水的學問深奧，青青還要花時間認眞鑽研。雖然海底的一切令人目不暇給，但青青知道蓁蓁愛潛水的原因不只這些，深深吸引著蓁蓁的是海底的寂靜吧。彷彿跌進另一個空間，穿越到另一個維度，隔絕了陸地世界的繁囂侵擾，埋頭在海中會令人拋開一切痛苦糾纏，忘卻時間的流逝，當下只需要享受緊緊包圍的寧靜，感受水流的撫摸，讓身心歸於自由。

在水底的時候，青青一直想到蓁蓁，她初次下潛時有緊張嗎，有認識到可靠的同伴互相照顧嗎，有看到小時候最愛的動畫中那條橘白相間的小丑魚嗎，海底的寧靜有令她放鬆嗎？想著想著，青青濕了眼睛，她多麼想回到過去陪著蓁蓁一起學潛水，在她住院的時候鼓勵她，陪她尋找可行的治療方法，在她離家時陪著她覓新住處，在發生了一切之後陪著她想辦法，告發他，看諮商，讓她不至於孤身作戰。青青只想回到過去，大聲斥責那個年少不懂事，總是倚著蓁蓁以爲姐姐是女強人，會一直無條件地遮風擋雨，毫無洞察能力的自己，跟她說，不只你需要保護照顧，蓁蓁也需要，她比你更加需要陪伴。

「你還好嗎？要進餐廳休息一下嗎？」還有差不多十分鐘的路程，青青愈走愈慢，弘擔心她體力不支，碰巧經過一間露天餐廳，提議進去吃點東西，稍作休息。餐廳客人不多，二人得以坐在看海的位置，有別於一般受歡迎的沙灘，這次潛水教練特意選了一個遠離市區，遊客稀少的地點，水流沒有那麼湍急，適合新手。吃過晚飯後，青青點了一杯香草雪糕，弘要了一份香蕉船，用甜品爲今天作結。

「我未必會繼續出海訓練了。」青青說，雖然今次下潛的體驗不錯，但心情尚未平復，和蓁蓁相處的片段不斷浮現，青青知道自己需要時間讓傷口痊愈。

弘點頭，表示明白：「給自己一點時間好好沉澱。」

「我在想，要不要找個機會跟爸媽說。」青青當然爲蓁蓁深感不忿，那麼多年來蓁蓁獨自面對如此可怕的惡夢，始作俑者卻逍遙法外，平步青雲，青青恨不得當著所有家人面前揭穿他的人皮獸心，只是逝者已去，青青不知道指證了他之後蓁蓁會否得到安息，畢竟揭開眞相的同時代表著公開蓁蓁受污辱的往事。

弘想了想，這個決定需要深思熟慮，青青希望把事情告訴父母是期待他們與她一樣憤怒，跟二叔對質，但若果父母的反應不如青青想像的激烈果斷，她或許只會更加受傷，更加迷失，同時間，若要她撒手不管她又會被自責的情緒纏繞，打開了潘朵拉的盒子又豈能輕易一走了之。

「始終是一家人，發生任何事情都應該一起面對。」弘說，就像他和母親，在經歷失去父親的日子後彼此相扶慰藉，關係更加緊密，有些傷痛能夠修復破碎。

「一家人。」青青若有所思，她對於一家人攜手跨越困難的概念只限於電影中感人肺腑的橋段，她的家人各有各祕密，各有各顧慮，她當然想家庭合一解決問題，蓁蓁的事或許是個契機，讓他們修復關係。青青躊躇不定，太多的衝擊和未知拉扯著她，她有時候會想，若果從來沒有讀過日記，不為蓁蓁的死尋根究底，她現在會不會好過一點。一想到這兒，青青就被自己的自私嚇怕，口裡說著在意姐姐，蓁蓁對自己多麼重要，原來只要面對坎坷難關，人自然會逃避，會寧願置之不顧，多麼虛偽。青青不懂得如何處理，她愛蓁蓁，她當然愛蓁蓁，但她隱藏的祕密太沉重，青青只懂得一股勁兒找可發洩的對象，她怪林，怪芯，怪蓁蓁沒有早點告訴自己，冷靜過後發現自己才是錯過所有預兆的人，她想補救卻已太晚了。

「我總是想得太淺，以為只要有人分擔，所有事情就會迎刃而解，我根本不應該奢求爸媽的任何反應，現在做什麼也太晚了，早就太晚了。」青青的聲音顫抖，淚滴在溶化了的雪糕上。

「不會太晚，起碼你們可以一同面對，黑暗後會是黎明。」弘擁著青青，深信她會捱過的，要重新站起來就先要重重地摔一跤，他會陪著她。

青青甚麼話也聽不進去，倒在弘的懷中放聲痛哭，只有她才知道，自己的後知後覺有多麼的傷人，帶來的後果有多麼的嚴重。

10.

父親用力拍桌子的聲音嚇得正在酣睡的青青醒過來，從門縫偷看，蓁蓁拿著一封信跟父親對峙。

「你說，爲什麼要轉科？」父親帶著質問的語氣，蹙眉凸眼，一副天下快將大亂的神情。

「讀不下去了。」蓁蓁背對著門，青青看不清她的表情。

「讀不下去？是能力問題嗎？當初你說要讀醫不就早預計到課程會有多艱辛嗎？讀不下去不是一個理由。」

蓁蓁沉默，吸了一口氣，肩膊聳起又降下了好幾次：「我也不想放棄讀醫，只是我的身心也承受不住了。」

「承受不住什麼？壓力？你的抗壓力何時變得那麼低。」

蓁蓁握緊拳頭，用力得連前臂的筋絡都現形：「我上課的時候暈倒了。」

「是嗎？只是不夠休息，不要找藉口。」

「我連看到人體模型也會呼吸困難，日後根本不能做手術。」

「藉口。」

「我看到大體老師的時候會害怕，腦袋一片空白。」

「可笑。」父親把蓁蓁手中的信搶過來，是轉科申請表，蓁蓁已把所有資料塡妥，已成年的學生轉科不需要監護人簽署，她只是出於尊重通知父親。

「既然你已經把一切都安排好，我們這個對話根本沒有意義。」父親收起訓斥的語氣，氣焰變得冷峻，更加可怕：「我就當從來沒有生過你。」

「你需要把話說得那麼重嗎？我當醫生與否對你來說眞的有這麼重要嗎？」蓁蓁吞回轉科的眞正理由，她低估了父親的反應，她以爲他們還能好好溝通。

父親摺起了申請表，看著蓁蓁，面無表情。

「有一個當醫生的女兒會令你有面子，不是醫生的女兒你連看都不想看一眼。」蓁蓁感覺到所有血液都湧上腦袋，暈眩的感覺反而令她更加清醒：「面子比女兒更重要，不對，應該說女兒一向也不重要。」

父親的瞳孔一晃，他不知道如何接話，蓁蓁說的不完全正確，即使面子於他而言是人生的奠基，但女兒也不是不重要的，他只是習慣了支配的感覺，掌控家中的女人讓他有存在的價值，站在階梯上俯視久了，他不懂得如何下台，太突然，太不像他。話說得太重，他根本收不回來，往下解釋也無補於事，蓁蓁眼中的父親一向無情。

「好，那就如你所願。」蓁蓁轉身，到房間收拾行裝，青青假裝剛睡醒，甚麼都聽不見。

「你要去哪兒？」

「我跟他說了轉科的事，他說他當沒了我這個女兒。」蓁蓁從枕頭下拿出日記，幾件衣服，梳洗用品，不要緊的東西可以再買。

「不就是轉科一件小事嗎，你不要轉，他就不會那麼生氣，或者你下個學期再轉，待他先有個心理準備就好了。」青青趁著蓁蓁收拾衣服，把她的電話錢包放在自己的背包中：「蓁蓁，你留下吧，不要管他說什麼，他的話一向難聽，我們也習慣了，不是嗎？」

蓁蓁一愣，回過身看著青青：「有些事是不能習慣的。」

青青想起被恐怖分子綁架當人質的記者，即使被槍支頂著頭顱，下一秒便血肉模糊，他們卻仍然擁護一直持守的信念，那樣堅定的眼眸，就像眼前的蓁蓁一樣。

「不然你再跟他說一下，你的身體不好，情緒病發作，先休學一陣子。」

「他不會明白，他根本不願聽。」蓁蓁從背包中拿回隨身物品，行李箱只滿了一半不到，原來一旦決心要離開，必須要帶走的根本不多：「青青，我試過了，我很累了。」

「再試一下不可以嗎？不要小事化大。」話剛說出口，青青就後悔了，在如此敏感的時刻，她不應該胡亂觸碰蓁蓁的底線。

「小事化大嗎？」蓁蓁撇開青青的手，淺紅的掌印留在皮膚上，像灼傷的印記：「你們根本沒有給我機會小事化大。」

青青聽見大門關上的聲音，想著給蓁蓁一點時間，她會回來的，剩下在衣櫃的衣服還有那麼多，昨天跟她去買的頸鏈還放在盒子未拆開，早餐的鬆餅吃了一半還有一半在冰箱，青青若有所失，假裝沒有看到蓁蓁放在桌上的鑰匙。她沒有想過，這是蓁蓁第一次離家出走，亦是最後一次。

＊＊＊

他拿起貨架上的罐頭，原來午餐肉有那麼多種，少鹽減脂高蛋白質，連致癌食品都這麼講究，他也是沒話說了，選了一款標榜從外國進口，採用走地豬的高級餐肉，買兩罐八五折，他想了一想，罐頭不怕過期，多拿了一罐。碰巧是週三，超市新鮮蔬果打折，蓄勢待發的主婦們眼明手快，如雀鳥啄起麵包碎屑般快捷準繩，手推車中全是堆成山丘的戰利品。他打算煮番茄蛋炒飯，還差番茄，越過人群擠到蔬菜區時只剩下籃子中最霉爛，皮皺成一團的幾個，他挑了一下，還有一個色澤比較光亮，完整無缺的，旁邊的女人虎視眈眈他手中的僅存碩果，只差沒有開口問他而已，他想了一想，把番茄放回籃中，今晚煮蛋炒飯吧。

提著食材上了巴士，他的手臂痠痛，結婚以來，他只陪她上過超市一次，那麼多年來也是由她負責家中伙食，本來不會煮飯的她經過這些年的琢磨，現在能輕易端出三菜一湯，蓁蓁和青青挑食，他又諸多要求，她卻總能配合家中各人口味，絕少稱讚人的他也眞心欣賞她的廚藝和用心。他沒有想過買一次菜要下的決定比他在公司開會的還要多，哪個牌子減價，買多少送多少，買過了某個價錢會再打折，逢星期幾全店有折，申請會員卡附送贈品但是每個月必須達到一定的消費量，從超市出來的時候他耗盡了體力和精力，人家說當全職主婦比上班更辛苦，這下子他終於認同了。

最近她經常不在家吃晚飯，到社區中心，約了朋友，幫青青看家，各種原因，生活充實。他沒有再阻止她，自從蓁蓁去世後，他的脾氣已經收斂了不少。得知蓁蓁自殺後，公司上下沒有人問他到底發生什麼事，在背後討論的聲音傳到他那邊，逼得太緊，下屬們一致認爲。喪親之痛他並不是沒有經歷過，剛升上高中母親便急病去世，二弟還在襁褓，父親忙著養家，把照顧兩個弟弟的責任托付給他，要堅強，要保護家人，不能隨便低頭認錯，父親說的話成了他人生的座右銘。他要堅強起來，要當家裡的頭，弟弟的榜樣，營營役役爲了家庭而奮鬥，結婚之後亦如是。她不是第一次埋怨他的控制慾過盛，像隨時隨地被人盯著，連呼吸也感壓力，女兒們在如此壓迫的環境成長會有反效果，他一開始會反駁，他並不是在控制她們，他只是關心，緊張，希望她們成材，每個人有不同的表達方法，她們應該接受。後來女兒們看見他就避之則吉，她跟他無話可聊，他知道出現了問題卻不願意拉下臉補救，他可是家中的頭，所有人都應該服從。他逃避，把工作當擋箭牌，公司的生意愈來愈好，他和她們愈走愈遠。

他跟二弟抱怨，二弟說這在所難免，人生不能十全其美，工作家庭向來有捨才有得，他覺得二弟說得有道理，家中愈年輕的通常看事情愈通透。他口裡說著明白，內心卻糾結拉扯，有捨才有得，他何時選擇了捨棄家庭？江山易改，他原以爲世界都在他腳下，沒有人反抗就代表自己是對的，但他其實是被寵壞了，橫蠻的驕縱磨蝕了衆人對他的愛，骨肉碰撞，大家都痛。

他把櫥櫃翻了一遍，還是找不到炒飯要用的不沾鍋鑊，明明今天早上才用完，洗好瀝乾放回原位，要用的時候卻總是不見蹤影。他下意識叫她來幫忙，等了半晌無人回應才想起家中只有他一人。打電話給她，響了幾秒轉至留言信箱，她發訊息說正在忙，他還未輸入問題她已下線。

他忽然不想煮了，自己一個吃飯，多沒趣。以前一到晚飯時間，他便忙著分享自己的識見願景，公司未來十年要擴展到什麼地步，蓁蓁和青青大學畢業後接手生意，他提早退休和她環遊世界，女兒沒有和應，蓁蓁說要當醫生，青青寧願當隻自由鳥，他還是把同樣的事放在餐桌上說了幾十年。後來他想通了，沒興趣從商不要緊，當醫生也好，沒什麼不好，蓁蓁性格柔弱，商場如戰場，與其任人魚肉不如濟世爲懷，頂著醫生的光環受人尊崇。他幫她報讀練試班，課後補習班，周末上私補，有理想就該奮力去追，他的女兒不能失敗。因此，當蓁蓁說要放棄讀醫時，他十分失望，他把厚望放在她身上，她居然說壓力大，吃不消，他當初不就也是這樣捱過來的嗎，壓力是二十一世紀下的新產物。蓁蓁離家出走第五天，青青跟他們坦白說蓁蓁患上了抑鬱症，他不懂得反應，抑鬱症，那大概也是新時代的新詞彙。青青說著病徵，聽著聽著他覺得似曾熟識，他的母親臨走前也是這樣，空洞的眼神看著剛出生的弟弟，眼淚不自覺地流了滿臉，一邊喃喃自語說著對不起，平日會親自送午飯到學校，自生產出院後好幾個月家裡都是吃外賣，母親病了，瘦了好多，變了個人似的，一天半夜母親嘔吐不止，進了急症室不久就走了。產後抑鬱，母親並不是患上了無名怪病，久鬱成疾，不開心原來會死。

「回來了。」她提著外賣，早知道他對廚房過敏，每次想自己動手煮飯最後也是不成事。

他其實很餓，看到她還有把自己放在心上有點感動：「本來想要炒飯，但是……」

「剛才去了青青那邊，她說想要約個時間一起吃飯。」

「是嗎。」他提醒自己不要再用高高在上的姿態趕走身邊的人：「好啊，她定時間。」

「嗯，我跟她說。」她低頭用手機，徑自回房間，剩下他獨自吃著苦瓜牛肉，他打開電視，把聲音調到最低，讓密麻麻的字幕充塞腦袋。

＊＊＊

七月十六日

在學校遇見他的時候，我跟林在一起。幸好林在我身邊，不然我大概會作出奇怪的反應，要麼沒命似的跑掉，或是當著他的面尖叫，兩樣都會讓人以爲我精神失常，搞不好被人拍下來放到網上，事情發酵，我變成有名的校園人物，那麼再把他對我做的事情供出來就會更可信，更多人會聽見。他走過來跟我打招呼，我正吃著每月一次的精選午餐，有我期待了很久的特濃巧克力慕絲，爲什麼偏偏要是今天，偏偏要是他，把我的心情一下子打到谷底，肚裡的食物攪混在一起，古龍水的味道讓我想吐，生理反應。我盡量假裝正常，正常地微笑，點頭，回應，他說他得到了一個兼職講師的教席，表現良好接洽順利的話會轉爲全職講師，到時候就會有更多時間在學校，更多機會碰到我。慕絲甜得有點苦，哽在喉中嚥不下去，我說要去買杯飲品，欠身就走。

一想到他將會在學校出現我就冒冷汗，全身的毛孔也在抗拒，討厭的人特別難纏，無處不在，只要一看見他我就想起自己是骯髒的，不完整的，我想起我有多被動，多渺小，多不堪一擊。林幫我調好熱水，他總是能感受到我的情緒變化，不管煩躁或悲傷我都想去看海。天色晚了，他叫我去泡澡，讓蒸氣帶走皮膚的水分，出一身汗，乾淨清爽。泡在水裡的時候我還是全身緊繃，假若下次在學校碰見他而林不在身邊，我該如何是好？我合上眼睛練習諮商師教我的呼吸法，我從前沒有想過呼吸也需要學習，拆毀是一下子的事，建立卻那麼難。在那天之後我需要重新學習所有事情，呼吸，抽離，想像。

我吞了比平常多的安眠藥，林一直醒著，握著我的手讓我感覺實在。我不斷發著細碎的夢，都是惡夢，有時夢見他變成一隻恐龍追著我，他的爪子在我身上劃出一道長痕，從胸脯到下體，把我分開一半。有時夢見他變成一條鯨魚在我潛水時一口把我吞掉，我在魚肚中看見許多和我一樣赤身露體的女孩，我們看著彼此，默默流淚卻沒有發出聲音，沒有掙扎，在肚裡共享僅餘的空氣，等待窒息的瞬間或經過濕黏血腥的食道被他吐出，不知道哪樣更值得期待。每次從夢中驚醒都會對上林緊張的視線，他從不會問我夢見了甚麼，只會默默替我抹去滿臉淚水，我靠在他的懷中聽著他的心跳聲像潮汐潮漲，他是我的岸。我跟他說今天在學校遇見的那個人是我的二叔，他示意我不用說下去，他用手指輕撫我的唇，下頷，吻我的眉頭，髮緣，他的掌心很暖，摩挲著我的腹部一股酥麻流通全身，我不自覺地縮起如一個胚胎。不，我低鳴，頭袋變得沉甸甸的，身體每個部位都異常敏感，像吸血鬼接觸到陽光每吋肌膚都刺痛難忍，不管我多想享受和林之間的親密，我的身體卻不容許，他的觸碰讓我恐懼，我害怕任何外在的侵入，我愈想擺脫這股莫名的排斥，眼淚愈不自主地溢出，緊緊抱著自己不願林看見我如此矛盾又懦弱。

和林在一起的這幾年我的情緒時好時壞，在今天碰見二叔之前我已經減藥了好一陣子了，心理醫生說我的焦慮症有好轉，只要保持正常的生活作息，避免與觸發情緒的人見面。我活得小心翼翼，青青叫我回家過節我也不敢出現，生怕他也在場，結果還是避無可避，他總是在我措手不及的時候把我的一切努力毀於一旦。我累了，林說著他工作上的趣事哄我睡，輕輕地環抱著我，若我有稍微的動靜他便會鬆開手給予我空間。說著說著他也抵不住睡意，我讓他靠在我的臂上，他也累了，睡的時候不斷磨牙，如指甲刮著黑板的聲音。聽說壓力大的人才會磨牙，即使睡覺也咬緊牙關，不放過自己。我的心很痛，林被我的情緒影響，他一直在我身邊把我用力從洞穴中拉上來，可是我卻不爭氣，總是被黑暗吞噬，無力地跌回洞裡。看著他的側臉，我一邊寫字一邊祈願他今夜睡得安詳。

＊＊＊

弘收拾碗碟，三人都對他新研發的棉花糖舒芙蕾讚口不絕，連一向用鼻子看人的父親也吃得一口不剩，只差在沒有把碟上的糖霜舔得乾淨。弘滿足，整頓晚飯氣氛良好，青青和父母有說有笑，不枉他預備了那麼久，充當廚師和侍應，炮製佳餚。自青青搬走後，她和父母已很久沒有同時碰面，青青一直逃避父親，讀完蓁蓁的日記後心中七上八落，不知道該如何面對父母，坦白與否，弘鼓勵她按自己心意而行，她的父母也有權知道蓁蓁生前所受的創傷，至於後續反應和處理，到底還是要先踏出第一步才知曉。

「感謝各位客人賞面捧場，我要先回店準備明天開舖的食材，下次再邀請你們試吃新食譜。」弘看準時機先告辭，騰出空間讓青青一家人訴說心底話。

「弘這個年輕人不錯，肯拼搏。」父親難得地稱讚，可見他對弘十分滿意：「店裡有什麼事情需要幫忙的話，可以告訴我。」

「最近生意不錯，我們正籌備開分店。」青青感覺到父親的態度有所軟化，不再處處刁難，存心讓人難堪，終於能夠和他心平氣和地溝通。

談了一會兒生意上的事，青青感覺氣氛融洽，父親比平常敞開心扉，卸下高姿態，和母親說話時聆聽比打斷對話多，三人說著生活上的瑣碎事，關心青青的近況，繞著不著邊際的話題，小心翼翼避開有關蓁蓁的事。

「我讀了蓁蓁的日記。」青青單刀直入，繼續繞圈圈不說不提也不是辦法。

父母一下子沉靜，看著青青，等待著她接下來的話。

「一直以來，蓁蓁受著情緒病的困擾，她沒有跟我說，是我幾年前不小心看到她正服用的藥才知道的。本來以爲她的病情穩定，慢慢會好過來，但原來她的情況一直沒有好轉，藥量愈加愈多，失眠又吃不了東西，還患上了厭食症，住院了一段時間。」青青深呼吸，整理思緒，繼續容讓祕密積壓醞釀的話，青青自己也會被壓垮：「而一切也是源於她在少年時被性侵，她由那時開始便患上了抑鬱症，恐慌症，無法正常生活。」

母親摀住嘴，眼淚直滾滾地落下，她搖頭，似在否認青青所說的話。她的女兒，她的寶貝，她不敢相信蓁蓁竟遭受了如此可怕的事，如此難以啟齒的噩夢，她到底是多麼差勁的母親才對此事毫無頭緒。

父親的眼佈滿血絲，他極力控制情緒，忍著淚水和憤怒：「是誰？」

「二叔。」

「二叔？」父親問，他沒有想過是二弟，眞相使人驚愕，他反問青青同時反問自己。

「日記上寫得淸淸楚楚，他的惡行一一被蓁蓁記錄了下來，那麼多年，我們竟然少許蛛絲馬跡也看不出來，可怕。」

父親倒在椅上，全身乏力，一片空白，青青扶著失聲痛哭母親，這個蓁蓁一直隱藏的祕密終於被坦露人前，這個噩夢終於不再由她獨自承擔，雖然後續的威力讓人無法招架，但至少，應該知道的人都知道了，他們三人必須承受事實帶來的痛，淚，和恨。父親氣得顫抖，他想開口大罵，但那個人不在場，二弟不知道他所做的一切已經現於日光之下，一直扶持欣賞他的哥哥知道了，一直照顧他的嫂子知道了，他們都知道他是如何破壞了他們的家，他們的女兒。

青青知道眞相難以接受，父母現在經歷的情緒她這幾個月經歷了無數次，每次翻開日記，每次讀到蓁蓁內心的沉鬱，每次看到蓁蓁的遺下的風鈴，每次想到蓁蓁所受的折磨。青青擁著母親，握著父親的手，起碼現在他們有彼此，當時的蓁蓁卻沒有。

「爲什麼蓁蓁不早點告訴我們，爲什麼她不告訴我們？」母親說，她不知道早點得知能否拯救蓁蓁，但無論如何，她也希望盡她所有陪伴蓁蓁走出狹谷，而不是眼白白送走她的摯愛，她的心肝骨肉。

「那隻禽獸。」父親氣得聲線也抖震，他生氣自己看漏眼，悉心栽培的二弟竟是一個內心變態，徹頭徹尾的衣冠禽獸，他氣自己一直高高在上，以爲家中一切安好，結果引狼入室。

「他怎可以這樣對蓁蓁，他毀了她，他毀了她。」母親抓緊青青的手，她沒有氣力支撐身體，哭得歇斯底里至腦袋麻痺。父親起來，緊緊擁著母女二人，三人的喘息哀嘆混作一起，濃稠的空氣令人窒息。

11.

「情緒病的成因有很多種，就像疊積木，一塊兩塊立得穩妥，但當積木層疊，砌到某個高處便會搖晃，不論是多疊或拿走一塊也會觸動積木傾倒。」芯抿著嘴，眉心緊鎖，憶起蓁蓁這些年來遭遇的事：「那件事是觸發點，但絕非唯一的原因。」

青青垂頭不語，迷惘又焦躁，她並非不明白芯的話，人的情緒是門難懂的課題，又豈能三言兩語訴說得清。日記是索引，帶領青青了解蓁蓁的內心，只是，日記不是一般文學作品，不能輕易抽絲剝繭拆解分析，蓁蓁的人生亦然。

「你從一開始就知道嗎？」

「應該是第一個。」

「她卻沒有告訴我。」

「家人和朋友不一樣。」

「我以為她把你當家人。」

「始終不一樣，她對我說我只管慰解陪伴，站在她一方，無條件支持。你們認識那個人，要做抉擇。」說到底，芯最初知道了又如何，聽故事者無法改變任何情節：「你爸媽怎樣？」

青青嘆氣，那天坦白後父母比預想的更激動，蓁蓁的事如藥引，燃點起來各人的壓抑頃刻爆發，青青沒有想過父親竟會在她們面前流淚，他一直以來的不聞不問全是僞裝，用以維護自己那弱小的自尊。那天他們仨擁在一起痛哭，青青看到卸下武裝的他，一個不懂表達的父親，一個錯將愛當作發洩工具的父親，他長得那麼雄赳赳，哭的時候卻卑微如做錯事的小孩。他摟住母親，青青已很久沒有看到二人相擁，分不清誰在對方身上支取力量，或許，這是他們最理想的狀態，一同軟弱，崩潰過後一同振作。

「他們的關係有好轉嗎？」芯記得青青說過父母自蓁蓁離開後便陷入冷戰，難關不易過。

青青點頭：「出乎意外地，得知那件事後他們反而破冰了，溝通多了，正在商量下一步。」不知道是好事還是壞事，但蓁蓁的事除了引爆一家人積存已久的心病，還修補了父母若即若離的關係，要先破碎才能重整，至少父親不再口是心非，母親不再強忍不滿，二人如復合的情侶，重新摸索最合適的相處方式。

「那就好。」芯摟著青青的肩：「再難過也會過的。」

「但願如此。」

「讀完日記了嗎？」

青青搖頭，她沒有勇氣讀完整本日記，好幾次她讀的時候一股嗆人的窒息感襲來，加速的心跳讓她幾乎昏厥，她不得已先放下本子，平靜呼吸，她猜想是日記的衝擊太大，還未從蓁蓁去世的事恢復過來，性侵一事又被揭開，本來一往無前誓要找尋姐姐自殺眞相，到頭來自己根本承受不住：「太難受，無法想像她是怎樣捱過來的。」

「我也不知道，旁觀者總以爲一切風平浪靜，當初她病發，我手足無措，才十多歲，對情緒病一竅不通，看著她的情況浮浮沉沉，以爲總有一天她會好，看開一點，看輕一點。」芯憶起和蓁蓁相處的片段，當中篆刻的錯綜複雜，回首也未必能全然參透：「後來學醫，讀到有關情緒病的課題，得知了許多理論知識，不過書本和活生生的人不一樣，每個人都不一樣。」

那年十六，芯失戀，從小長大在美滿家庭的她初次品嘗到心痛的滋味，求而不得的挫折讓她特別難過，她不明白爲什麼她愛的人不愛她，青春難題，學校沒有教過。夜闌人靜看著與舊愛的照片，她竟然萌生傷害自己的念頭，手執鎅刀，一下子血流如注。父母發現立卽送院，痲藥過後醒過來，看到母親哭得眼耳口鼻腫成一團，父親憔悴落泊如失眠了一輩子，芯只覺自己無知，爲著一個不愛她的人如此衝動，差點和深愛她的親人永遠分離，不值得。父母問她到底發生何事，芯支吾以對，一方面自覺事因可笑，一方面無法解釋當時的抉擇，原來當人經歷無法承受的痛苦會作出與理性相違的決定，並非片言片語能說明清楚。爲什麼不和父母談談？不找好友傾訴？冷靜下來思考後果？種種方法都不能減輕悲傷的重量。芯想起那時的自己，很累很累，不想面對，試了許多方法也改變不到現狀，只想斬斷所有無力感。

她似乎明白了蓁蓁多一些。

「會過的，再難過都會過的。」芯安慰青青同時安慰自己。

青青抬頭仰望天空，萬里無雲，澄靜孤寡，雨後天晴彩虹卻不見蹤影，誰曾許諾陽光定必普照，難過的日子始終難過，誰知曉終點在何處，蓁蓁不就是捱不過去嗎？

＊＊＊

十二月二十日

臨近年末，衆人忙著回顧今年的成就，我卻拿不出什麼可喜的故事與人分享，諮商師鼓勵我寫下今年做得最好的三件事，我想了半天也想不出來，可能是繼續活著吧，能好好生存也不是必然的事。這年過得渾渾噩噩，每天醒來吞下一大堆藥丸，吃或不吃分別不大，都辛苦，林說我依賴藥物，我苦笑，心裡生病的人不依賴藥物還能依賴誰，至少我還活著。

我說想要看海，拉著青青到海邊，她把自己包成一個糉子，身上貼滿暖包，全球暖化，冬天根本不冷，偏偏今天氣溫急降，她埋怨我選了全年最冷的一天到海邊，我說人生只有一次，甚麼事都該體驗一下。我穿好潛水服，沒有船我到不了多遠的地方下潛，本來只打算在岸邊踢水，划著划著卻到了比浮台還遠的海域，沙灘上的青青變成一顆豆點，地上的一切都很遙遠，像海市蜃樓。剛下水的時候有點冷，卯起來游了一會兒身體就暖和起來，我試著浮潛，靠近城市的海混濁，偶然漂來膠袋廢物，大船駛過捲起浪花，下層的海水與表面的交混在一起，塵埃顆粒可見，眼前灰濛濛一片。是時候回去了，加厚的潛水衣也抵不住刺骨的冰冷，海水本來就比陸上冷，加上今天的陽光稀薄分散，本來的碧藍變成如潑濺墨水般無精打采的灰，我忽然想脫下潛水服，摘下防霧鏡，讓身體化作冰，溶在這片孤寂，過了某些時日沉澱於海底，讓一切自然分解，稀釋，化作無有，像甚麼事也沒有發生過。

我問青青，若果被朋友傷害，她會有何反應。她想也沒想便說她會反擊。反擊是什麼意思，我問。她說跟那個人絕交，從此不見。我問，如果是最好的朋友呢。她說一樣，傷害更人，繼續糾纏彼此也難受。那如果是親人呢。她想了一想，半晌也沒作聲，只是假設題不必如此認眞，她說她不知道，可能會原諒吧，始終是親人。原諒嗎，當甚麼事也沒有發生？她又想了一想，不用當沒事發生，不過也只能放下，好好生活。熱巧克力冒著煙，她輕輕吹著，我不知道該如何接話。姐，你要加油，不要想東想西，這樣對你的病情不好，睡醒又是新的一天，沒有什麼過不去的坎。

我像被一槍擊倒的士兵，心臟驟停良久也說不出話，她說的都沒錯，可聽起來卻如此礙耳，我要加油，難道我還不夠加油嗎，一年過去，我這年見醫生，見諮商，吃藥吃得食欲全無，無數次阻止自己在夜裡吞下整瓶安眠藥，努力上班見朋友約會裝作是個完整正常的人，難道我還不夠努力嗎。我不能怪她，她什麼也不知道，我從前什麼也沒有跟她說，今後大概也不會了。

＊＊＊

青青躺在床上，渾身疼痛，喉乾舌燥，頭暈得天旋地轉像是飄在水面上，房間的窗簾被緊緊拉上，密不透光，不知道外面是晝或夜，她伸手拿水，水杯卻空空如也，欲起身，下腹傳來一陣脹痛，甫動身痛感加劇。

「你發熱了。」弘倒了一杯溫水，用手背摸青青的額，微燒，幸好買了退燒藥：「來，先吃藥。」

青青嚥下藥，喉嚨灼燒的痛，弘溫柔地用冰毛巾擦她的臉，青青此時才稍微清醒過來。

「我睡了多久？」

「有三天了，斷斷續續，上星期你說要請假，自今也沒有出過門。」弘擔心青青，店裡的事交給員工，早晚也守在青青床邊，生怕她病情加重。弘自覺這次青青不只是普通發熱感冒，這幾個月她消瘦了不少，食物放到嘴邊又一臉無神地放下，連她最愛的甜品也碰都不碰，有時候抱頭大睡像陷入昏迷般睡上幾天，有時候失眠一整夜瞪著天花板默不作聲。弘隱約意識到，是徵兆，是警號，是溺水前的無聲吶喊。

青青看著弘，只覺自己軟弱無能，從前的她像被囚禁在這副病懨懨的軀殼中，那個活蹦亂跳，總想著世上沒有事情會難倒自己，對所有沒有答案的事尋根究底的她，現在瑟縮在某個潮濕晦暗的角落。她怕，原來世上有那麼多她從未接觸過的苦痛，她的天眞直率原來在無意中，那麼傷人。若不是蓁蓁把二人的對話記錄下來，青青早就把她曾說的話通通拋諸腦後，她不記得自己曾如此隨便地叫蓁蓁振作，她沒有想過蓁蓁最不需要的就是打氣的話。蓁蓁說的對，她已經夠努力了，她一直努力把自己撿拾拼湊起來，旁人卻把一切視而不見，還故作同情，客觀冷靜地給予自以爲有建設性的意見。

「你不能把所有責任扛在自己身上，當時你那麼年輕，對情緒病毫無認知，根本不知道應該如何與情緒病患者相處。」弘察覺到青青的情緒低落，心靈影響身體，她的健康也響起警號，不只發燒頭痛，弘還留意到青青最近開始掉頭髮，臉色憔悴。

青青知道弘的安慰話不無道理，但內心的自責和罪疚感一直膨脹，壓得她寢食難安，只想把自己封閉起來，不與任何人接觸：「我想靜一下。」

弘放下水杯，替青青蓋好被子：「你需要甚麼的話卽管告訴我，我就在外面。」

房間再次陷入寂靜。青青輾轉反側，吃了藥還是頭疼難耐，胸口又鬱又悶，一股吐意翻滾，她撐起身，打算下床喚弘，突然眼前一黑，失去意識。

＊＊＊

「幸好這次暈倒的時候有人在家，及時把你送院，檢查報告顯示你血糖過低，加上發燒感冒，休息不夠才體力不支暈了過去，胎兒並無大礙。」醫生托一托眼鏡，神色輕鬆，看著眼前的準父母說：「懷孕期間會有不適，但不用過分擔心，多喝水，均衡飲食，最重要是保持心境愉快。」

「你說，胎兒並無大礙？」弘不知如何反應。

「對的，心跳很強，不用擔心，早點回家休息。」醫生把藥遞給弘，青青仍是一臉迷惘，一直到步出了醫院，上了車，她才如夢初醒：「剛才醫生說我懷孕了？」

「嗯。」弘握著青青的手，這個消息來得太措手不及，他著實有點嚇到，不過他知道當下先要穩定青青的情緒，確保她身心也不要激動：「難怪最近你經常想吐，睡不好，口味全不同了。」

「我懷孕了，我們要怎麼辦？」青青看著窗外飛快掠過的景色，腦海一片混亂，她沒有想過要當媽媽，她現在的生活簡直是一團糟，是人生中最低落的時候，爲何偏偏要在這個時候懷孕，她還未準備好，還未整理好蓁蓁的事，怎能揮揮衣袖收拾心情迎接新生命？

「我們結婚，我會找個時間跟你的父母提婚，開分店的事先擱置，不用怕，我會在你身邊。」弘說著，握著青青的手加緊了力度，他想她知道無論發生什麼事，他也不會輕易放手：「將來的事我們一起面對，沒事的。」

青青忍不住流淚，她好怕，前一個小時還在房間裡想著自己是個多麼不合格的妹妹，是把蓁蓁推下自殺懸崖的幫兇，現在卻發現自己已是一個母親，身體住著另一個生命，一個有心跳，有脈搏，和她同哭，同笑，同苦同樂的新生命。聽說懷孕的時候，孩子會感受到母親的情緒，愛哭的母親會生出一個悲觀的人兒，母親的憂慮會透過臍帶纏繞胎兒，愁苦會透過血液嵌進孩子的體內。蓁蓁那時候是因爲害怕她肚裡的孩子會受她的影響，即使生下來也注定多憂多慮，因爲不想孩子步她的後塵，受情緒病的折磨，她才決定不把他帶來這個世界嗎？青青也很怕，自蓁蓁走後，她生命中的一個部分也跟著消失，那個無憂無慮，色彩燦爛的一塊，慢慢褪色，她害怕孩子看不見世上的光亮。

「我好怕。」青青把頭埋在弘的懷裡，放聲痛哭。

「不用怕，有我在。」

「我要怎樣做一個好母親？我不懂愛，不懂得關心，世上有那麼多我不明白的事。」

「我也不懂，我也害怕。」弘拭去青青眼角的淚，讓她看見自己篤定的目光：「可是只要我們在一起，縱使有不明白不懂得的事情，我們也會一同面對，沒有什麼可怕的。沒有人一生下來就會當父母，每個人都是邊活邊學，而且，誰說父母一定要完美？父母也可以錯，可以不會，可以流淚跌倒。」

「可以嗎？讓孩子看見不完美。」

「爲什麼不可以？」弘牽起嘴角，把青青的髮絲撥向耳後：「我不完美，你也不完美，可是我們仍然相愛。」

車停了，他們到家了，本來烏雲密佈的天空透出一縷光，溫柔地撥走一直遮掩青青眼眸的陰霾。青青止住了淚，她還是很怕，心中躊躇不定，她知道她今晚將會失眠，接下來還是有很多煩心的事，很多沒有答案的難題，很多無法痊癒的傷痛。但她亦知道，無論下一步充滿多少險阻，至少他們在一起，他們仍然相愛。

這是她聽過最美的話。

12.

目送父親的車離開停車場，青青和母親轉身步入商場，爲下星期的婚禮購買裝飾佈置。三人剛完成首次的家庭諮商，過程比想像中平和，雖然在挖掘心事時各人也忍不住眼泛淚光，特別在談到和蓁蓁的關係時，父母低泣了一會兒，不過三人沒有互相指罵，推卸責任，大家都敞開心扉，跟著諮商師的引導，開解一直耿耿於懷的心結。路還漫長，還需要很長的時間才能完全放下積存已久的芥蒂，但至少三人願意踏出第一步，讓彼此看見一直隱藏的瘡疤傷痕，距離關係復和又近了一點。

「想不到爸會在陌生人前流淚。」剛才諮商師鼓勵父親說出想對蓁蓁說的話，父親一邊說一邊抽泣，這是青青第一次看到父親在家人以外露出脆弱的一面。

「他壓抑了很久，好幾次我看見他在陽台上默默擦淚，大概是想到蓁蓁，他內疚。」同床共枕那麼多年，母親怎會不知道他心裡疙瘩。蓁蓁自殺，夫婦關係出現裂痕，得知弟弟的惡行，各種衝擊令他一直武裝的盔甲瓦解，露出柔軟的內心，反而令人更加容易接近。

「多上幾次諮商課，再過一段時間，我們也會好過來的。」青青說，撫著微微隆起的小腹。幸好弘提議她見心理輔導，定期上了兩個月，近來抑鬱的情緒才稍微好轉，局外人看事情總是比較清晰，青青深信專業的輔導能幫助她和父母，他們需要聆聽者。

母女二人逛了幾間婚禮用品公司，買了一些乾花，相架和氣球，雖說是婚禮，但青青和弘不欲鋪張，訂了一間西式餐廳，邀請雙方家長出席晚宴，簡單地見證二人的大日子。青青本來打算買一條簡約的婚紗，但小腹隆起得很快，醫生說胎兒很健康，手腳很長，才三個月已經是五個月的大小。婚紗的選擇少，太緊身的不舒服，太寬鬆又不好看，後來青青在家裡找到了蓁蓁買的婚紗，修改了長度之後竟然非常合身。青青在鏡子前看到自己穿著婚紗的樣子，想起了蓁蓁，當時的她也是一樣幸福，上揚的嘴角彷彿會溢出蜜糖。裙子是蓁蓁的祝福，青青知道姐姐在天上正見證著自己的愛情，她未完的心願就讓自己來完成。

「這個好看嗎？」母親拿起一件嬰兒衣服，公主款式，粉色鑲滿亮片。

「可愛。」逛著逛著竟走到了嬰兒用品區，青青看著整列的嬰兒服飾，滿心期待，反問母親：「你怎麼知道是女兒？」

「真的是女兒嗎？」母親興奮得提高了聲線，途人側目。

青青點頭，母親摀著嘴，淚光早已閃閃滿溢，不管是男是女，只要孩子健康快樂，她就滿足，她就無求。

「那麼早就知道。」

「科技發達，我尚未感受到孩子的存在，超聲波已告知手腳長短，連輪廓也清晰可見，鼻子像弘，眼睛像我。」

「孩子每天都變，蓁蓁出生時像個男生，到了十歲亭亭玉立，每天都堅持穿裙子。你正相反，從小嬌聲嗲氣，不知從何時開始忽然佻皮活潑，整天東奔西走。」母親想起從前兩姊妹的性格南轅北轍，在蓁蓁身上管用的招數青青卻毫不買帳，生養孩童沒有一套必勝公式，全都是經驗和運氣，她幸運，儘管兩個女兒性格不一樣，但她們心地善良，從不故意惹她的氣，不會存壞心眼。無論如何，孩子是寶，管教的事之後才憂慮。

「蓁蓁比較乖，通常都是我惹麻煩。」

「你們都乖。現在回想，眞後悔沒有花多一點時間陪伴你們。」

青青抱著母親的肩，再多的如果早知也換不回逝去的人，在她心目中，母親已盡力，她的愛是無可挑剔的。

二人多逛了幾間嬰兒用品公司，挽著滿滿的戰利品，晚飯時分，她們去了一間東南亞風味的餐廳，逛了一整天，肚子餓得咕嚕作響。

「婚禮的宴客名單準備妥當？」

「只邀請雙方家長，最親的朋友。」青青不喜歡招呼人群，重要日子重要的人到場就足夠。

「那個人在名單上嗎？」

「不。不可能。」

「那就好了。我和父親正商量該如何跟他對質。」

「我不用在場，看到他就想吐。」即使對蓁蓁的哀悼淡去了不少，但青青對於二叔所做的事依然憤怒，孕婦的情緒不宜過分起伏，她提醒自己。

「人渣。」母親吐出嚼爛的雞爪，太辣太嗆，骨肉模糊，難以下咽。

青青看著滿桌食物忽然胃口盡失，叫了一杯檸檬茶，甜中帶澀，酸中夾苦，在口腔縈繞迴盪。

＊＊＊

青青擘開番薯，內裡的橘黃如流心蛋黃，她下意識把一半放回紙袋中，以前蓁蓁和她最愛在冬天時把番薯取代雪糕，一人一半捧在手心，整個人瞬間暖和起來。青青一邊吃，一邊仰頭看月光，公園依舊人跡稀疏，遠離繁囂月光也好像特別圓，特別亮。下腹傳來一股律動，青青摸摸肚子，輕聲說道：「你也喜歡這裡嗎？這兒是媽媽和姨媽的祕密基地，我們在這兒留下了很多有趣的回憶呢。」

初次失戀，蓁蓁跑到公園哭盡了三卷衛生紙，青青跟著跑來，一邊聽姐姐的愛情故事，一邊一起大罵那個不知好歹的負心郎；派了成績單，幾行紅字特別礙眼，青青害怕父親責備，來到了公園躊躇忐忑，蓁蓁擔心妹妹徹夜未歸，匆匆趕來安慰，二人一同把成績單埋在大樹下，眼不見爲乾淨；大學放榜前夕，青青買了蛋糕蠟燭，預祝蓁蓁入讀醫科，蓁蓁卻一臉愁容，姊姊倆通宵達旦講理想說將來，還有很多事情等著她們完成，許多願望未來得及實現，許多月滿月缺未來得及一同見證。青青總是有錯覺，蓁蓁只是去了一趟很長很遠的潛水之旅，她還會回來的。

「她只是太累了，如今去了一場旅行，在天上快活自在，你說對不對？」青青跟腹中的寶寶說，她從未想過懷孕的時候蓁蓁竟不在旁，人家是媽寶，她是正宗的姐寶，小時候蓁蓁說好了要是青青懷孕了，她定必安排好一切，陪伴在側。

「到時候我已經結婚了，有老公陪我你不用擔心。」

「老公跟姐姐不一樣，我才是認識你最久的人呢，你生小孩，我一定要全程見證。」

青青把蓁蓁的愛視作理所當然，從沒有感謝過蓁蓁的付出，現在想起心中空洞洞的，懸出的空位難以填補。她愈想起蓁蓁對自己的好，心中愈愧疚，爲何自己沒有及時拯救一直在岸邊徘徊的她，爲何在她差點坦露心聲時關上了耳朵。青青打開日記，深呼吸，如準備打開存放著家族祕密的保險箱般屏靜聲息，小心翼翼地揭開日記的最後一頁。

二月十六日

當我躺在沙灘上，任由灸熱的太陽打在我的臉上，我想起了那次全家人一起到海邊，青青只有五歲，甜甜圈形狀的游泳圈套在她的身上，她活像一個不倒翁玩偶，可愛極了。雖然還小，但我卻把那天的每個細節牢牢記住，父親難得地請了假，還把手機調了靜音，母親弄了三文治和雞翼，不停往我和青青身上倒防曬乳，青青一個勁兒拉著我往海裡跑，明明不諳水性，她卻毫不畏懼地說著要潛下水底找尼莫，那條只有半鰭卻橫渡了太平洋的小丑魚。

教練跟我說，不管上了再多的課，知識技術再高超，在水底還是會遇上突發情況，碰上意外時許多資深潛水員也無力招架，畢竟人太渺小，有很多事情我們無從參透，有很多事情根本沒有答案。教練的妻子早年因爲一宗潛水意外而去世，本來二人約好了一同游遍世上絕美的海域，一同到大堡礁馬爾代夫紅海所有潛水勝地，游出城市渡過太平洋，尋覓沿海的理想居住地，可是最後只有他一人上了岸。我問他爲何繼續潛水，不怕嗎，不會觸景傷情嗎？他說在陸地的每一刻也痛不欲生，只有在水裡才重新活過來，只有在水裡才能感受到她。我在教練身上看見自己，逃往海裡以爲能擺脫所有痛苦，但氧氣終會耗盡，終究要上岸。

青青得知我獨自跑到外地潛水不太高興，傳了一段五分鐘的錄音訓斥我不知世間危險，事前沒有通知毫無責任心，最離譜的是竟然不帶上她，一人旅遊多苦悶。我答應過她每年起碼一次姊妹外遊，這年失約了。前幾天睜開眼睛忽然好想死，在盤算用什麼方式告別時想起還未去過太平洋潛水，死前至少要看一次太平洋的日落嘛，撐起身子買了機票，不到一天便收拾好行李到達機場。明明是同一個太陽，這邊的夕陽卻比那邊的更美，更溫柔，原來有些光線耀眼而不傷人，我想永遠停留在此刻，不用靠藥物度日，不用畏縮閃避，可以昂首直視所有灼人的事情，所有壓抑的潮浪，可以感受，擁抱自己，好好呼吸。

路過街邊小店時買了一個風鈴，雖然價錢是正宗遊客價，潛水友伴還勸我不要衝動，但我還是把它買了下來，這趟旅程值得記念。回去的時候我可以把風鈴掛在窗邊，它的聲音會提醒我世間還有美好的景色，還有事情值得期待，我要活下去，將來帶青青，林，父母一同到這兒看日落。

合上日記，青青早已淚流滿面，她拿起懸掛在背包上的風鈴，想像蓁蓁就在旁邊，娓娓道來那次潛水之旅的經歷，那邊的景色如何美不勝收，那次的夕陽有多麼的熠熠耀眼，她的心情，重擔和牽掛，青青只想再次聽到蓁蓁的聲音。

「至少她完了心願，她努力過，她真的努力過。」青青不願日記就此結束，她還想看見蓁蓁繼續潛水，記錄所有瑣碎的片段，她想念蓁蓁，但她知道蓁蓁不會再回來了。那次說好了的姊妹遊，那個未曾出發的夕陽之旅，要等到在天上再見蓁蓁之時才能兌現。

＊＊＊

青青來到的時候跟二叔擦身而過。他戴著墨鏡，青青看不清他的表情，記念館裡花香清新，古龍水的味道格外突兀。庸俗的香氣，青青一嗅到就想吐。弘跟他點頭，青青只用眼角睨了他一眼，拉著弘的手加快腳步，父母在蓁蓁的骨灰甕前，默然不語。

「你來了。」父親頷首，青青留意到父母親十指緊扣，二人一身素黑，母親低頭拭走臉上淚痕。

「一切還好？」弘問，父親的臉色不太好看。

「他道歉了。」

「沒有解釋？」青青看著蓁蓁的照片，她笑得如此溫柔，像冬日和煦的陽光。

「沒有，甚麼都沒有。」父親對他已失去期望，被最親近的人欺騙，數十年的兄弟情一下子消失殆盡，感覺如蕩盡所有家財，連唯一的衣裳也被剝去，赤裸的，遍體鱗傷。

「蓁蓁不會原諒他的。」青青說，弘摟緊她，孕婦不宜情緒激動。

「原諒與否又有何用？人都走了。」父親說，各人心中也清楚知道，再多的補救也無補於事。

人都走了。悲傷五階段，接受是最後一步，他們仨正學習接受失去，接受蓁蓁永遠缺席，接受家中的不完整。

「至少他願意道歉。」母親歎氣，剛才跟二叔攤牌情緒難免激動，說著說著她嚎哭了起來，想到她的寶貝女兒曾經受到如此糟蹋，她的心猶如被人活生生剮開摘掉。唯一感恩的是他沒有反駁，攤牌過程沒有起衝突，事到如今，他大概也懶得爲自己找借口掩飾。雖然無從得知他的道歉是否眞心，但至少他沒有作出詆毀蓁蓁的言行。他承認是他錯了，是他管不住那該死的慾望，蓁蓁的死他也有責任。

青青放下白玫瑰，嘆了一口氣，難過的日子過得特別慢，若不是已隆起如西瓜的小腹，她也察覺不到時間流逝，蓁蓁死後已渡兩個秋冬。春天驟至，繁花綻現，各人的生活如流水前行，青青還是會想起蓁蓁，在二人曾到過的地方，在某間咖啡店，大樹下，車站上落處。弘把日記藏了起來，他說懷孕期間不能翻讀，縱使見了輔導後青青的心情已平復了不少，但始終不宜細讀日記，免得情緒翻滾，影響胎兒。青青偷偷找到了日記，像她小時候找到蓁蓁藏著的日記一樣，在夜裡捧著本子，從字裡行間懷緬姐姐。除了記錄情緒病的篇章外，蓁蓁也寫下了和林的生活點滴，旅遊時的所見所聞，和友人相處的片段，有掙扎悲嘆的時候，也有平淡歡笑的部分。諮商師提醒青青，留下來的人不用過分揣測逝者決定離開的原因，每個人都有難言之隱，有不欲他人知曉的一面，也有連自己也不能完全明白自己的時候。蓁蓁曾經也是一個活生生的人，有複雜的情感，有矛盾的時刻，當然也有喜怒哀樂，悲憤厭惡。性侵的事只是她的人生中其中一個部分，一個不能磨滅的陰影，但她同時也擁有曾令她快慰滿足的回憶。青青要記得，蓁蓁曾經也快樂過。

「你們也在。」一個熟悉身影走進來，是林，數月不見，他仍然消瘦，可幸黑眼圈淡去了一些，聲音明瞭。

「蓁蓁生忌，從前每年也會一起吃生日飯。你最近好嗎？」母親幫忙取去林手中鮮花，放在玫瑰旁邊，兩束花卉優雅恬靜。

「埋頭工作，不過不失。」

「待會兒有空？一起吃飯。」青青問，可交流近況。

「當然可以。」林說，看見青青腹大便便，不禁驚訝：「你懷孕了！」

青青點頭微笑，林爲她高興：「何時生產？」

「下個月。」

「時間過得眞快。」林慨歎，初次見青青時她還是一個中學生，兩條辮子，聲音稚嫩，整天圍著蓁蓁轉，如今的她將成人母，當初的青澀蛻變成穩重和歷練，這兩年來，他們也成長了。

「蓁蓁看見我如今的樣子可會驚訝？從前只有她嚷著要生小孩，我說小孩最難搞，沒有想到當母親的居然是我。」

「她必定會擠在床邊嚷著要第一個抱嬰兒。」林想到若果蓁蓁還在，她會有多感動。自從拿掉孩子之後，蓁蓁一直睡不好，經常發惡夢，夢見還未出生的孩子聲嘶力竭地哭著，她後悔，卻無補於事。若果當初把孩子生下來，如今蓁蓁還會在嗎？林不敢想，過去的一切已經無法挽回，他只願青青一家人以後安好，他深深相信，蓁蓁在天上會一直守護著他們。

青青看著蓁蓁的照片，彷彿聽見她的聲音：「叫茉莉好嗎？我是蓁蓁，你是青青，都跟花草有關，茉莉花香，多好聽。」

「不要，茉莉茉莉，多老套！」

「不然叫茂兒？生命如花兒茂盛，好意頭。」

「阿茂？不是吧，阿茂整餅，一定給同學取笑。」

青青想起當初二人的對話，不禁笑了起來，各人看著她忽然傻笑，滿臉困惑。青青沒有解釋，就讓她和蓁蓁的往事留在過去，讓過去成爲祕密，青青好好保存，在冷凜寒風吹襲之時，泡一杯紅茶，攪拌濃稠的回憶，驅走半夜侵來的蒼涼。

＊＊＊

一月二十七日　多雲

自從你離開後，我經常獨自去看海。想著或許有一天會在海底碰見你，你會笑著跟我說：怎樣？想念我嗎？然後我會跳上你身上，像小時候一樣，跟你打鬧，抱怨這次你的玩笑開得有點大，消失的時間太長，嚷著要你背我回岸邊，我們可以買一杯雪糕，香草味，兩個人分著吃。像從前一樣。

預產期將近，醫生建議我多留在家中，弘本來想要跟著我來，我跟他說不用過分操心，我感覺到寶寶在肚子裡還未著急要出來，世界那麼多令人煩心的事，她才不願意提早面對呢。生產過後我大概要乖乖待在家裡一段時間，媽已經說好她會來照顧我，等到他們結束郵輪之旅，她便會煲好薑醋，準備迎接小嬰兒。爸媽最近一半時間也在郵輪上，爸終於實踐了他當年向媽許諾的約定，兩個人牽著手，放下公務瑣事，環遊世界。你離開之後，很長一段時間家中的氣氛降至冰點，三個人各自把自己封閉起來，不溝通，不面對。直到我抖出日記的事，我們才放下一切包袱，變回我們，我們一起去看輔導，想辦法走出低谷，把心事說出來。在最壞的日子中，我們重新學習去愛。說起來奇怪，但這陣子是我長大以來第一次感受到家庭溫暖，有父母，有弘，有寶寶，我好像不再那麼孤單。

偷偷告訴你，在讀完了日記之後，我曾經想過到藥房買安眠藥，把一整瓶吞掉，那麼內疚的感覺或許會減輕一點，或許我能再次見到你，跟你說對不起。抱歉我不是一個好妹妹，抱歉要你獨自承受悲傷那麼久，抱歉在你最後的日子裡沒有陪在你身邊，也許當時的你只需要一個擁抱，一個無聲的陪伴。若果我細心一點，慎重一點，也許，你會留下來。

在懷孕以後我的生命才重新看到光。我還是很害怕，怕自己不能成爲一個稱職的母親，怕無法帶給孩子一個完美的生命旅程，怕當她長大後問起關於你的事時我會支吾以對，沒有勇氣向她展露世上有如此黑暗的事，有那麼多自私醜惡的人。弘提醒我，直視黑暗並不是軟弱，況且，即使軟弱也是可以的，只要看見身邊圍繞的愛，只要想著有你在我身邊，我便有力量站起來。

有時候我靠著窗邊，聽著風鈴的聲音，想起那次潛水的經歷，雖然我沒有完成整個訓練，但在海底看到的景象已足夠我回味半生，那麼平和，那麼平靜，與世界暫時割離。我猜想你的潛水之旅也是如此難忘，雖然我還是有點生氣你沒有把我帶上，不過只要你無憾，只要你曾經絢爛，我也無怨無求。我告訴自己，若果太想念你了，我可以潛進水裡，想像與你同游，等到浮回水面我便要重新振作，在地上好好過日子。

連續幾天沒有放晴，坐在沙灘上冷風吹至，是時候回去了。雲層積厚，夕陽穿過霧霞灑在海面上映著一抹溫柔的橘光，水氣環繞，彷如夢中。我忽然想哭，若果你在，你也會被眼前的景象所感動。但願你在天上安好，我在夢中等你告訴我孩子的名字，她會成爲一個善良的人，像你一樣。

國家圖書館出版品預行編目資料

水深之處／葉紫婷著. --初版.--臺中市：白象文化事業有限公司，2024.6
面； 公分
ISBN 978-626-364-296-6（平裝）

857.7　　113002649

水深之處

作　　者　葉紫婷
校　　對　葉紫婷
封面設計　張詠然 Tiffany
發 行 人　張輝潭
出版發行　白象文化事業有限公司
412台中市大里區科技路1號8樓之2（台中軟體園區）
出版專線：（04）2496-5995　傳真：（04）2496-9901
401台中市東區和平街228巷44號（經銷部）
購書專線：（04）2220-8589　傳真：（04）2220-8505
專案主編　黃麗穎
出版編印　林榮威、陳逸儒、黃麗穎、水邊、陳媁婷、李婕、林金郎
設計創意　張禮南、何佳諠
經紀企劃　張輝潭、徐錦淳、林尉儒
經銷推廣　李莉吟、莊博亞、劉育姍、林政泓
行銷宣傳　黃姿虹、沈若瑜
營運管理　曾千熏、羅禎琳
印　　刷　基盛印刷工場
初版一刷　2024年6月
定　　價　250元